諸田玲子

嫁ぐ日

狸《まみ》穴《あな》あいあい坂

集英社

目次

嫁ぐ日

狸《まみ》穴《あな》あいあい坂

ツキエ

一

お婆《ばあ》さまがホホホと笑った。

かたわらで子守歌をうたっていた結寿《ゆず》は、ややこの寝顔からお婆さまの笑顔へ視線を移した。

といっても驚いたわけではない。

麻布《あざぶ》十番馬場丁へ引っ越して一年近く、お婆さまは以前にも増してよく笑うようになった。体力のほうはめっきり落ちてほとんど眠ってばかりいるのに、つかのま目ざめているときは大方きげんがよくて、なにか楽しいことを待ちわびてでもいるかのように小首をかしげ、無邪気な笑い声を立てている。

「今度はなんの夢でしょう？　わたくしも知りとうございます」

訊《たず》ねてみたものの、お婆さまはにこにこしているだけ。答えが返ることはめったにないので、結寿はややこへ目をもどそうとした。と、そのとき――。

「……もうじき、ね」

と、お婆さまがつぶやいた。

「もうじき？　もうじきなにかよいことがあるのですか」

「ホホホ」

「もったいぶらずに教えてくださいな」

お婆さまはうなずいた。が、答えは聞けなかった。お婆さまが口を開く前に、ややこがむずかったからだ。

「あらあら、眠ったかと思ったのに。香苗《かなえ》、そんな顔をするとお婆さまに笑われますよ。さ、いい子だからおねんねなさい。子守歌をうたってあげましょうね」

香苗をあやして眠らせる。それからまたお婆さまに目を向けると、お婆さまも心地よさそうに舟を漕《こ》いでいた。

年を取ると子供にもどるというけれど――。

二人の寝顔を愛《いと》しみのこもった目で見比べ、結寿は静かに腰を上げた。台所へ入ってゆく。台所では姑《しゅうとめ》の久枝《ひさえ》が慣れない手つきで漬物樽の糠《ぬか》をかきまわしていた。

「お姑《かあ》さまッ。さようなことはわたくしがいたします」

「いいのですよ。わたくしとてこれしき……」

「めっそうもございませぬ。お姑さまにかようなことをおさせしては旦那さまに叱られます」

「わたくしこそ。結寿どののご実家に知られたらなんと言われるか……」

「実家がなんと言おうとかまいませぬ。わたくしは小山田《おやまだ》家の嫁ですから」

「結寿どのったら」

二人は顔を見合わせて苦笑する。

「わたくしたちが言い争うことはありませぬ」

「さようですね。でもお姑さま、ここはわたくしに。そろそろもとちゃんも来るころですから」

「今の小山田家では雀の涙ほどの給金しか払えませぬ。もとちゃんに申しわけのうて」

「いいえ、ゆすら庵《あん》ではよろこんでおりますよ、行儀見習いにちょうどよいと」

結寿は御先手組与力《おさきてぐみよりき》、溝口《みぞぐち》家の娘で、実家は麻布竜土《りゅうど》町の組屋敷内にある。が、火付盗賊御《ひつけとうぞくお》改《あらため》としても名を馳せた祖父の幸左衛門《こうざえもん》が、狸穴《まみあな》町の口入屋《くちいれや》、ゆすら庵の離れで隠棲をはじめたのをきっかけにいっしょに移り住み、嫁ぐ前の数年を、祖父やゆすら庵の人々と共にすごした。

この間には様々な出来事があった。身を焦がす恋も経験したが、結局、実家が決めたとおり、麻布市兵衛《いちべえ》町の組屋敷に住む、同じく御先手組与力、小山田家の嫡男の万之助《まんのすけ》と祝言を挙げた。新婚夫婦は、牛歩のようではあったが少しずつ打ち解け、夫婦らしくなって、やがて結寿は初子を懐妊。ところが、穏やかな日々は一変した。盗賊騒動での失態が因《もと》で、小山田家は無役の小普《こぶ》請《しん》に降格させられてしまったのだ。住まいも狸穴坂の上にあった組屋敷から坂下の馬場丁にある小家へ引っ越さざるを得なくなった。

昨年の秋、身重の結寿は実家へ連れもどされた。離縁を命じる両親に逆らい、決死の覚悟で夜道を逃げたのは、もう人の言うがままに生きるのはいやだと思ったからだ。力尽きて狸穴坂で倒れたものの、九死に一生を得て祖父のもとへ運ばれ、そこで女児を出産。決死行が功を奏して、結寿は再び小山田家の嫁として婚家へもどることになった。

ただし、以前のように、使用人にかこまれた暮らしはできない。夫の万之助、舅《しゅうと》の万右衛門《まんえもん》、姑の久枝、遠縁のお婆さま、それにややこの香苗……結寿は、近所から通ってくる乳母とゆすら庵の娘もとの手を借りて、自ら家事に勤《いそ》しんでいる。

「早《はよ》うお許しが出て、万之助が御先手組にもどれるとよいのですが……」

久枝がため息をついたときだ。勝手口の戸を叩く大きな音がした。結寿はあわてて駆け寄って戸を開ける。

「まァ、百介《ももすけ》。シッ、静かに。お婆さまと香苗が眠っているのです。いったいなんの騒ぎですか」

「こいつは、どうも」

百介はくるりと目玉をまわした。

百介は結寿の祖父、幸左衛門の小者《こもの》である。昔は幇間《ほうかん》（宴席でお客を笑わせる太鼓持ち）だったという、ひょうきん者の小男は、なぜか偏屈な幸左衛門とウマが合うようで、今では互いになくてはならない相棒になっている。

「お祖父《じい》さまになにか」

「いえいえ、そうじゃございません。もとさんがちょいと手いっぱいになっちまいまして、それで旦那さまがひとっ走り、お知らせしてくるようにと……へい」

幸左衛門が離れを借りているゆすら庵は、狸穴坂の上り口の辻の片側にある。小山田家が移り住んだ馬場丁は、そこから麻布十番のゆるやかな坂を下って掘割へ出る手前の町で、いくらも離れていない。

「ということは、もとちゃんはお祖父さまになにか御用を頼まれたのですか」

「いえ、そうでも、ございませんので……」

今朝方、行き倒れ寸前の一家がゆすら庵へころがりこんだ。昔この界隈《かいわい》に住んでいたらしい。詳しい事情はまだわからないものの、老人と孫たち、それに孫娘の赤子までいるので路頭へ放りだすわけにもゆかず、かといってゆすら庵にいられては商いに支障が出る。そこで、かつては農家で空き部屋がある離れへひとまず泊めることになったという。

「それで、もとちゃんの手が必要になったのですね」

「へい。なんだかみんな瘦《や》せ細っておりまして……おっ母《か》さんのお乳も出ないのか、とりわけ赤子の衰弱がはげしいようで……」

結寿と久枝は顔を見合わせた。久枝がうなずくのを見て、結寿は早くも帰ろうとしている百介を呼び止めた。

「お待ちなさい。あとで乳母を連れてゆきます。近所の女で、今は家に帰っていますが、いくらでもお乳が出るそうですから、赤子に飲ませてやりましょう」

「そんな……香苗お嬢さまのお乳母のお乳を、どこのウマの骨とも知れぬ行き倒れの赤子なんぞに……」

「百介ッ。なんてことをッ。いずこに生まれようと赤子は大事な命ですよ。死なせるわけにはゆきませぬ」

結寿の権幕に驚いて、百介は自分のおでこをパチンと叩く。

「へいへいへい。こいつはあっしとしたことが……。それじゃァ、帰って早速そのように。奥方さま、とんだお騒がせをいたしやした」

百介は帰っていった。

「お姑さま。申しわけありませぬ」

「結寿どのが謝ることではありませんよ。一昨年《おととし》の大飢饉《だいききん》からこっち、飢えに苦しむ者は増える一方です。お救い米も追いつかぬありさまだそうで……」

昨今は幕府の財政も庶民のふところも窮乏にあえいでいた。となれば治安も悪化するばかり。小さいながらも家があり、温かい家族にかこまれ、日々の暮らしにあくせくしないですむ自分を、結寿はしみじみ幸せだと思う。

「お姑さま。ここはわたくしが……。お姑さまは香苗のそばにいてやってください」

「はいはい。では、孫姫さまの寝顔を見てこようかしらね」

襷《たすき》をはずしながら出てゆく久枝に代わって、今度は結寿がきりりと襷をかけた。

二

ゆすら庵の裏手には、庵の名前の由来ともなった山桜桃《ゆすらうめ》の大木がある。通常の木は人の背丈ほどだが、この山桜桃は結寿の身長の優に倍はあり、春には薄紅の花が咲き、花のあとは小さな紅い実がいっぱいに実って皆の目を楽しませてくれる。

今は、四方に広がった枝から、一葉二葉と枯れ葉が落ちる季節だ。

「よォ。姉ちゃん」

大木のうしろから小源太《こげんた》があらわれた。七つ八つの男児から小源太と同じ年ごろの女児まで、小源太は四人の子供を引き連れていた。いずれも裸足、粗末な布子をまとって髪は紐《ひも》でひとくくりにしただけ、そろいもそろって痩せこけている。

「百介から聞きました。しばらく離れに泊まることになった子供たちですね」

「ウン。こいつらの他に赤ん坊もいるんだ。オイ、みんな、こちらの女人《にょにん》はご隠居さまの御孫の結寿さまだ。それからええと……」

小源太は結寿の背後にひかえている小太りの女に目を向けた。

「香苗の乳母のおちかさんです」

「あ、そうか。赤ん坊なら眠ってらァ。みんな、挨拶をしねえか」

小源太は早くも子分を引き連れた大将の顔である。

子供たちは、そのみすぼらしさにもかかわらず、そろって愛らしかった。青白い小さな顔の中でそこだけが光彩を放つ、くりくりした四組の目で結寿とおちかを観察している。はにかんでいるのか、警戒しているのか、距離をちぢめようとはしないが、邪気のない顔は明るくにこやかだ。

小源太にうながされて、四人はいっせいに頭を下げた。

それにしても兄弟姉妹、よう似ていること――。

行き倒れ寸前だったというのに、子供たちの表情からはふしぎなほど苦難の跡が感じられない。

「これからこのあたりを案内してやるんだ」

頼もしげに言う小源太の一挙手一投足を、四人の中でいちばん年長らしい女児がうっとりと見つめている。夢の中で想像していたものにはじめて出会った、とでもいうような興味津々とも言える顔だ。

「そう。それはよかったこと」

行ってらっしゃいと結寿は一同を見送り、おちかを伴って離れへ上がった。

離れでは、もとと百介が夜具を運んだり古着をととのえたりと忙しそうに立ち働いていた。

「これはお嬢さま、わざわざありがとう存じます」

「結寿姉さま。すみません。あちらは大丈夫ですか」

「心配はいりませんよ。お祖父さまは？」

「早々に逃げだされました。新之助《しんのすけ》さまと手合わせをするとおっしゃって……裏庭か、でなければ路地の奥の空き地かもしれません」

新之助は結寿の夫、万之助の弟で、手狭な家に引っ越したため、ここに居候していた。老いたりといえどもいまだ捕り方指南の看板を掲げている幸左衛門から、剣術の稽古をつけてもらっている。

赤子と母親は、空き部屋のひとつにいた。眠っている赤子の上におおいかぶさるような恰好《かっこう》で、小柄な女は動かない。疲れ果てて眠ってしまったのかと思ったが、五感が研ぎ澄まされているようで、人の気配にぱっと身を起こし、四人の子供たちとそっくりな丸い目を大きくみはった。初対面というだけでこんなに怯《おび》えるのは、どこかでよほど怖い目にあったのか。

女は結寿と同年輩だった。ということは、さっきの子供たちの母親ではない。

「百介……」

「へい。こちらさまが、ややこのために乳母を……」

百介が言いかけたところで、女は激しく首を横にふった。赤子を奪われるのではないかと勘ちがいしているのか。

「あたしはね、お乳をさしあげるように頼まれたんですよ」

「ええ。おちかさんはわたくしの娘の乳母なのです」

おちかと結寿も口々に説明をした。が、女は赤子から離れない。やむなく乳をやるのはあきらめ、おちかをひと足先に馬場丁へ帰すことにした。

結寿は百介と茶の間へ入ってゆく。茶の間の片隅には、これも小柄な老人がつくねんと座っていた。二人を見るや白髪頭を深々と下げる。今のやりとりが聞こえていたようだ。

瘦せこけた顔のせいで、老人も丸い目がひときわ大きく見えた。それだけで四人の子供たちや赤子のそばにいた女の血縁だとわかる。しかも老人は、浮世離れしたような、というよりなんともいえない気品をただよわせていた。

「白翁《はくおう》どのとおっしゃるそうで……」

百介が結寿と老人を引き合わせた。

「以前このあたりに住んでいらしたそうですね。ご苦労をなさったとうかがいました」

結寿はやさしく話しかける。ひと目で白翁に好感を抱いていた。その気持ちは翁にも伝わったようで、もとより誠実そのものといったまなざしに親愛の色が浮かぶ。

「だいぶん昔のことにございます。そのころはそこの坂を行ったり来たりしておりましたが、とうとう引っ越すはめになり……それからはもう、どこへ行っても厄介者、腰を落ちつけることができのうて……」

「こちらへもどられたのは、お知り合いがいらっしゃるからですか」

「多少は残っているのではないかと、それを頼りに参りましたのですが……いやはや、この変わりようでは……」

赤子の世話をしていた女と四人の子供たちは、いずれも翁の孫だという。結寿が思ったとおりで、赤子は曾孫《ひまご》ということになる。

「お子たちのご両親はいずこに？」

老人と子供では働き口を探すのも大変だろうと思い、結寿は訊《き》いてみた。

「実はいろいろとございまして……」白翁はため息をつく。「初対面のご新造《しんぞ》さまにお話ししてよいものか……」

「わたくしはお聞きしとうございます。お力になれるかどうかわかりませんが、できるだけのことはいたしますよ」

結寿は身を乗りだしていた。翁の哀しげな目を見れば、そうせずにいられない。

「両親とも亡《の》うなりましてございます」

「まァ、お気の毒に……」

「母親のほう、つまりわたくしめの娘にございますが、これは昨年、病を得て……。その連れ合い、つまり子供たちの父親で娘婿にございますが、こちらは……まだ狸穴坂におりましたころでしたが、斬《き》り殺されました」

「斬り殺された？　いったいなにがあったのですか」

「はい。話せば長《なご》うなりますが……」翁はクィーンと喉がつまったような声をもらした。「実は、娘婿にはそれは美しい姉さまがおりました。金色に輝いて、だれもが見惚《みと》れるほどの……それが禍《わざわい》したのでございましょう。かどわかしにあいました」

「かどわかしッ」

「娘婿が居所を突き止め、連れもどそうとしたのですが一刀のもとにあえなく……。その後、わたくしども一家は遠方へ追われました。孫娘に婿をもらって生まれたのがあの赤ん坊でして……なんとか身すぎ世すぎ暮らしておりましたのですが、いよいよ食い詰めたため、この婿が麻布へもどってはどうかと言いだしたのでございます。で、ひと月ほど前、先に様子を見に参りました。ところが、それきり消息が途絶えてしまい……」

それで一家も麻布へやってきた。孫娘の婿を捜そうにもあまりに昔と変わってしまい、困惑するばかりだったという。

結寿と百介は言葉を失っていた。白翁は顔色ひとつ変えずに淡々と話していたが、かどわかしに殺しに行方知れずと、聞けば聞くほど凄絶きわまりない打ち明け話である。

「まァ、さようなわけでして、どこからどう手をつけたらよいものかと……」

「あのう……そのお話は、母屋《おもや》の傳蔵《でんぞう》さんにもなさったのですか」

「はい。ざっとのことは。ですがなにぶん昔のことでございますし、今さら蒸し返すより、まずは子供らの食い扶持《ぶち》を考えてやりませんと……」

内密にしてほしいと拝まれて、結寿はあいまいにうなずいた。

「詮索《せんさく》されたくないとおっしゃるお気持ちはわかります。でも、このままというわけには……。その、お孫さまの婿どのは、なんというお名前ですか」

百介もうなずいてあとをつづける。

「お嬢さまのおっしゃるとおりでございますよ。お名前を頭に入れときゃ、万にひとつ、噂が聞こえてきたときにお教えできるやもしれません」

二人に催促されてもなお、白翁はためらっていたものの――。

「行方知れずの孫娘の婿はハヤテと申します。足の速いやつでして」

「わかりました。それでは、かどわかされたお方と、助けようとして殺《あや》められた弟さまは、なんとおっしゃるのですか」

「そちらは、ずいぶんと昔の話でございますから……」

「お教えください。お力になりとうございます」

「そんなにおっしゃるんなら……子供たちの父親はホシヲ……かどわかしにあったその姉さまはツキエさま、と」

「ツキエッ」

結寿は自分でもびっくりするほど大きな声を出していた。「心当たりでも？」と、百介がすかさず訊いてくる。

「お婆さまが、わたくしのことを、ときおりツキエどのとお呼びになるのです。どなたかとまちがえておられるのではないかと思うていました」

百介はごくりと唾《つば》を呑《の》んだ。

「そいつは、しかし、偶然にしちゃァあまりにも……」

「ええ。お婆さまはツキエさまのことを、なにかご存じなのかもしれませんね」

二人のやりとりを、白翁は小鼻をひくつかせ、耳を大にして聞いている。結寿は翁に、お婆さまのことを教えた。

「ぜひともお婆さまからお話をうかがいたいもので……会わせてはいただけないでしょうか」

「それはむろん。家はすぐそこですし、お訪ねくだされば、いつでもお引き合わせいたします」

高齢なので外へは出られないがお客人は大歓迎だというと、白翁はすぐにも訪ねたいと目を輝かせた。

「ただし、過大な期待はなさらぬほうがよろしゅうございますよ。小山田のお婆さまは、雲の上をただよっているようなお人ですから」

「いいえ百介、お婆さまも大よろこびなさいますよ。ツキエというお方を知るお人があらわれたのですもの」

これがきっかけになって、昔のことを思い出すかもしれない。たとえ思い出さなくても、白翁がお婆さまの話し相手になってくれるなら、それはそれでお婆さまにとって愉《たの》しいひとときになるはずだ。

もとが気を利かせて運んできた茶菓でしばらく談笑をして、結寿は腰を上げた。


小山田家へ帰る前に、もうひとつ、しておきたいことがあった。結寿は路地の奥の空き地へ立ち寄る。祖父の幸左衛門と義弟の新之助の稽古がひと息つくのを待って声をかけた。

「ご隠居さまには歯が立ちませぬ。さすがは火盗改《かとう》にその人あり、とうたわれた溝口幸左衛門さまですね」

「なァに、小山田家にも手練《てだ》れがおるぞ」

「いいえ。父なら、近ごろは抹香臭うて、経ばかり読んでおります」

結寿の舅、小山田万右衛門は、お咎《とが》めをうけて御役御免になったのを機に頭を丸めてしまった。

一方、勢いにのせられていっしょに出家したはずの幸左衛門のほうは、修行など端《はな》からする気がないらしい。

「お祖父さまにおうかがいしたきことがございます」

火付盗賊改で鳴らした祖父なら、この界隈で起こった出来事に精通しているはずである。そう思って訊ねたのだが、祖父は首をかしげた。

「かどわかしに人殺し……はて、さような騒動があったかのう……」

白翁は詳しい話をしたがらなかった。が、殺害された娘婿が五人の父親であるなら、末の子の年齢からして、八年以内か、少なくとも九年以上は経《た》っていないはずである。

「そうそう。あれは隠居したばかりのころか、ここへ移る前だったからおまえは知らぬだろうが、辻斬り騒ぎがあった。狸穴坂でも通りすがりの若侍が災難におうた」

「辻斬り……お武士《さむらい》さまが辻斬りにおうたのですか」

「酩酊しておったゆえ防ぎきれなんだそうでの、応戦しようと抜刀したことはしたらしいが、力尽きて……」

「存じませんでした。狸穴坂でさようなことがあったなんて」

なにも知らず、坂道を行き来していた。

「それで、辻斬りは捕まったのですか」

「うむ。捕縛された。が、かどわかしについては聞かぬのう」

「辻斬り以外に、騒ぎはなかったのですね」

「あれば覚えておるはずだ」

「そういうことなら義姉上《あねうえ》、妻木《つまき》さまに調べていただいてはいかがですか。彦太郎《ひこたろう》どのに頼んでおきます」

新之助が口をはさんだ。

妻木道三郎《みちさぶろう》は町奉行所の同心で、結寿の初恋の人である。彦太郎はその一人息子で、父子ともに幸左衛門の弟子だった。新之助は、義姉の道三郎への思いを知っている。いまだに思い切れずにいるのではないかと疑っていた時期もあったようだが、結寿が実家の反対を押し切ってまで兄のもとへもどり、無事にややこも生まれた今は、わだかまりも消えていた。

「それはよい考えじゃ」

結寿が答える前に幸左衛門が賛意を示した。火付盗賊改と町方はもとより犬猿の仲で、幸左衛門ははじめのうち道三郎につっかかってばかりいたものだ。今は師匠と弟子というだけでなく、互いに敬意を抱き合っている。

新之助も幸左衛門も、結寿と道三郎の恋は昔話、今はお互いに信頼し合える友とわきまえていた。

「では、新之助どのからお願いしてください」

「承知しました。なにかわかったら、すぐに義姉上にお知らせいたします」

はりきっている新之助とは裏腹に、幸左衛門はやれやれと顔をしかめた。

「あの一家、一日も早う出ていってもらわねば、うるそうてかなわぬ。せっかく心安らかな隠居暮らしをしておったのに」

とはいえ、大家の傳蔵夫婦には世話になっているので、いやな顔もできない。息子夫婦と折り合いのわるい幸左衛門は他に行くところがないから、白翁一家が円満に出ていってくれるまで、じっとがまんするよりないのだ。

「お祖父さま、イライラしてはお体にさわりますよ。新之助どの、祖父のことをよろしゅうお願いいたします」

不服顔の祖父と笑いをこらえている新之助を残して、結寿は空き地をあとにする。

狸穴坂から吹き下ろす風はもう初冬の冷たさだ。江戸小紋の袷《あわせ》の裾《すそ》を片手でおさえ、もう一方の手指で人妻らしく後れ毛をかき上げて、結寿は足早に馬場丁の小山田家へ帰っていった。

三

よくも話が尽きないものだ。小春日和なら縁側に並んで、寒風が吹いていれば襖障子《ふすま》を閉めた座敷で火桶《ひおけ》をかこんで、お婆さまと白翁は毎日、愉しそうに談笑している。

「ツキエさまのこと、なにかわかりましたか」

結寿は帰りがけの白翁をつかまえて何度か訊ねてみた。が、そのたびに翁は申し訳なさそうに首を横にふる。

お婆さまは……といえば、これもとんと要領を得なかった。ただひとつ言えるのは、以前にもましてや幸せそうに見える、ということだ。

お婆さまは娘にかえったようだった。頰を染め、甘やかなため息をもらす姿など、恋する乙女そのものである。

少しでも長くつづきますように——。

謎は解けなくても、お婆さまと白翁のあいだに親密ななにかが育っているなら、それはそれで歓迎すべきことだろう。結寿は微笑《ほほえ》ましく見守るつもりでいた。

「姉ちゃんちょっと……」

小源太が呼びにきたのは、半月ほど経ったころだ。目と鼻の先の馬場丁稲荷《いなり》で妻木道三郎が待っていると聞いて、結寿は目をみはった。馬場丁稲荷は嫁ぐ前、二人が想い合っていたころによく詣《もう》でたところである。

「でも、わたくしは……」

「平気だってば。新之助さまが稽古中だから、姉ちゃんに知らせるようにって、おいらに頼んだんだ」

道三郎は新之助を待っているらしい。白翁や子供たちがいるところでは話したくないことがあって、稲荷で会うことにしたのだろう。

「そういうことなら、参りましょう」

動揺がまったくないと言ったら嘘になる。が、いつまでも昔のことにとらわれていては前へ進めない。結寿は自らに言い聞かせた。道三郎も自分も、別の道を歩むと決めたのだ。今さら未練は禁物。

「子供たちはどうしていますか」

稲荷へ向かう道で、結寿は小源太に訊ねた。四人の子供たちを引き連れて意気揚々としていた小源太の姿を思い出したからだ。今日は元気がない。

案の定、小源太は頰をふくらませた。

「門の外へ出るのが怖いんだってサ」

「あら、なにかあったのですか」

「そうじゃないけど、犬がいたんだ」

掘割の土手でイナゴ獲りをしていたら野犬に遭遇した。といっても、子犬が二、三匹、遠くでじゃれあっているのが見えただけなのに、四人は青くなって逃げ帰ってしまったという。

「イナゴがいるのですか、土手に？」

「寺社の境内や狸穴坂でも探したんだ。あいつらイナゴが好物だっていうから」

「よほどお腹を空かせていたのですね」

他に食べる物がなかったのか。白翁一家の貧しい暮らしを想って、結寿は眉をくもらせる。

妻木道三郎は、結寿を見ても驚かなかった。内心はどうあれ、狸穴坂ではじめて出会ったときのように穏やかな目をしている。あれから何年経ったか。今は三十代前半になるはずだ。が、上背のある体つきや浅黒い肌はもちろん、片頰に浮かんだえくぼまで、結寿にはあのころと寸分変わらぬように思えた。

「お久しゅうございます」

どぎまぎしながらも、結寿は腰をかがめて辞儀をした。

「馬場丁へ移られたと聞いたゆえ、そのうちばったり出会うかと思うていたが……」

「ややこが、生まれました」

「うむ。めでたい。結寿どのに似て愛らしい女児とうかごうた」

なんともふしぎな気持ちだった。気恥ずかしいような、うしろめたいような、それでいてなつかしく慕わしく、話をしているだけで心が安らぐ。

もっとも今は、旧交を温めるためにやってきたわけではなかった。

「あのサ、ここで立ち話はまずいんじゃ……あっちへ行かねえか」

小源太にうながされて、三人は馬場が見渡せる裏手へ移動する。

「ハヤテどのやホシヲどのについて調べてくださったのですね」

結寿は本題に入った。

「調べたが、二人についてはなにもわからなんだ。かどわかしにからむ人殺しというやつも、この十年の記録にはない。この界隈の親分にも訊き合わせてみたが知らぬそうだ」

親分とは麻布界隈を縄張りとする岡っ引のことである。

「妙ですね。白翁どのが嘘をついているとは思えませんが……」

「ムジナに化かされたんじゃないかな。でなけりゃ、とりつかれたか」

「馬鹿なこと、言わないの」

結寿ににらまれても小源太は真顔だった。

「ほんとだよ。ふつうの赤ん坊はオギャアと泣くのに、あの赤ん坊はウィーウェーキューンキューンって泣くんだから」

「ハハハ、まるで猫か犬だのう」

豪快に笑ったところで、道三郎は表情を引きしめる。

「結寿どののお役には立てなんだが、ひとつ、気になることがわかった」

例の辻斬りの話だという。

狸穴坂で若侍が斬殺された一件については、当時から首をかしげる者がいた。なぜなら、辻斬りで捕縛された男が、狸穴坂の殺しだけはやっていないと最後まで言い張っていたからだ。この男は食い詰めた浪人者で、銭をたんまり懐に入れた商人ばかりを餌食《えじき》にしていた。たしかに若侍を襲う意味がない。

「ではなぜ、辻斬りの仕業とされたのですか」

「そうしろという下命があったそうだ。これ以上の詮索はならぬ、と」

「まァ、下手人は別人とわかっていながら、皆、知らぬふりをしたのですね」

結寿は顔をしかめた。小源太もこぶしを握りしめている。

道三郎は重苦しい息を吐いた。

「あってはならぬことだが……ようあることでもある」

若侍には同い歳の従弟《いとこ》がいて、学問所にも剣術の稽古にも共に通っていた。当時、若侍にだれもが羨《うらや》む養子縁組があったらしい。若侍が不慮の死を遂げたため、従弟が代わりに養子に入った。養子先は何代も前の、まだ麻布が文字どおり麻や浅茅《あさじ》が生い茂る原だったころから屋敷をかまえているという旗本の渡辺《わたなべ》家で、先祖には一人ならず豪勇で鳴らした者がいるらしい。

「もしや、下手人はその従弟だと……」

「若侍は、稽古の帰り、従弟から縁談の祝宴をしてやると誘われて共に酒を呑んだ。従弟は先に帰ったというが、待ち伏せしていたとも考えられる。だが、辻斬り騒ぎに乗じて従弟が若侍を襲ったとしても、それを証するものはなにもない」

だれがどう手をまわしたか、いずれにしても殺されたのは武士だから、道三郎たち町方にとっては管轄外である。

「そんなら、殺《や》られたもんは殺られ損、殺ったやつがのうのうと生きのびてるってことか。そんなの許せねえや」

「おれも同感だ。だが、今となってはどうすることもできぬ」

「なんだ、妻木さまも腰抜けだナ。怪しいやつがいるんなら、とっつかまえりゃいいのにサ」

「小源太どのッ。ご無礼ですよ」

「いや、小源太の言うとおりだ。とはいえ、どんなに怪しかろうが確証がのうては……。万にひとつ、辻斬りが嘘をついていて、若侍を襲ったということもある」

「そんなこと絶対に……」

「ないとは言えぬぞ。万にひとつでも、ひとつはひとつだ」

「だったら、もういっぺん、調べなおして……」

「だれも見た者がおらぬのだ。あとはムジナにでも訊いてみるほかあるまい」

小源太は道三郎の顔を見返した。悔しそうだが、もうなにも言わない。

そもそも辻斬りの話は瓢簞《ひょうたん》から駒のようなものだった。白翁一家とはかかわりがない。

「お忙しいのに、お手間をとらせてしまいました」

結寿はあらためて道三郎に礼を述べた。

「いや、結寿どののためならなんなりと。ホシヲ、ツキエという者については時が経ちすぎておるゆえわからぬやもしれぬが、ハヤテについてはひきつづき調べさせている。結寿どのも、なんぞ手がかりがあったら教えてくれ」

「はい。よろしゅうお願いいたします」

結寿の結婚と相前後して、道三郎も後妻をもらった。が、大火で大怪我をした妻女は、自ら家を出てしまったと聞いている。その後、どうなったのか。訊ねたいのはやまやまだったが、むろん訊けない。

結寿は小源太と馬場丁稲荷をあとにした。

「小源太どの。今日の話はだれにもしてはなりませぬ。約束ですよ」

「わかってるって」

「それからいいこと、なにかをするときは、妻木さまかお祖父さまに相談するのですよ。決してひとりでは勝手に動かぬように」

あえてそんな忠告をしたのは、小源太がなにか企てているように見えたからだ。

小源太はウンと上の空でうなずいた。そして——。

結寿の心配は的中した。

小源太が旗本家へ忍びこんで捕まったのは、その翌日だった。

不幸中の幸いというべきか、屋敷内のいたるところに飾ってあったという動物の剝製のひとつにされずにすんだのは、口入屋ゆすら庵の倅《せがれ》と名乗るかわりに、元火付盗賊改の溝口幸左衛門の弟子だと申し述べたからだろう。幸左衛門は勇名と同時に偏屈でも知られていたから、被害にあった渡辺家では、へそを曲げられて怒鳴りこまれたら厄介だと考えたにちがいない。それに加えて、小源太の剝製では狸《たぬき》やムジナほど見映えもしないと思ったか、とにかく、小源太は生きたまま、かすり傷ひとつ負わずに、ゆすら庵へ帰された。

「いったいこれは、どういうことだッ」

帰されはしたものの、幸左衛門の怒りは凄《すさ》まじい。

「どうか、どうかお許しを。この馬鹿息子が、とんだご迷惑をおかけいたしました。この上は煮るなり焼くなり……ええい、小源太ッ、腹切ってお詫《わ》び申し上げろッ」

「おまえさん、この子が腹なんか切ったってお詫びになりゃしませんよ。それより小源太、わけを話してごらん。きちんと話してお詫びをしなけりゃ……」

幸左衛門の前でうずくまっている小源太の両脇では、父親の傳蔵と母親のてぃが、これも蒼《あお》ざめた顔で平伏している。

新之助から知らせをうけて結寿が駆けつけたときは、百介をはじめ小源太の兄姉である弥之吉《やのきち》ともと、それに白翁や子供たちまでが遠巻きにして、心配そうに事のなりゆきを見守っていた。

「小源太どの。あれほど言ったでしょう、勝手なことをしてはならぬと」

結寿がかたわらへにじり寄ると、小源太は堰《せき》を切ったように嗚咽《おえつ》をもらした。結寿の膝にしがみつく。渡辺家ではよほど怖い思いをしたにちがいない。

「小源太どのがなにゆえ渡辺家へ忍びこんだのか、わたくしはわかっております」

驚いて言葉を発しようとした幸左衛門や傳蔵夫婦を目で止めて、結寿は小源太の背中を撫《な》でてやった。

「腹を立てていたのでしょう。わたくしも同じです。でも、忍びこんで、いったいなにをしようとしたのですか」

話してごらんなさいと言われても、小源太はためらっている。

「言わないと約束したからですね。許します。ここにいる者たちなら大丈夫、だからほんとうのことをお話しなさい」

小源太は、悪事を働こうとしたわけではなかった。道三郎が「ムジナなら見ていたかもしれない」と言ったので思いついたのだという。こっそり忍びこんでムジナからの文《ふみ》を置いておき、今は当主になっている若侍の従弟がそれを読んでどんな顔をするか、たしかめようとしたのだ。

「ムジナからの文？」

これには驚きの声がひとつならず上がった。結寿は一同に、昔、狸穴坂であったという辻斬りの話を教えた。幸左衛門は知っている。傳蔵やてい、弥之吉も覚えがあるようだ。だが新之助や子供たちはきょとんとしている。

「見ていた、と書いたのですね。一部始終を見ていたと」

「ウン。人は、騙《だま》せても、ムジナの目はごまかせない、おまえは、下手人だ……って、そう、書いてやったんだ」

涙ながらに小源太は説明した。月日が経っている。相手は地位も力もある。今さらどうなるものでもなかったが、だからといって、このままでは腹の虫がおさまらない。せめて知っている者がいること――それは人ではなくムジナ、いや、「天」と言い換えてもいいかもしれない――そのことだけは、言ってやりたいと思ったのだという。

座はしんとなった。

「天網恢々《てんもうかいかい》、疎《そ》にして漏らさず……か」

幸左衛門がつぶやく。

「わかりました。それで、たしかめる前に捕まってしまったのですね」

「庭から覗《のぞ》いてたんだ。そしたら、あんまし、びっくりしたものだから……」

当主の居間には、鹿の首、兎、鷹、狐、狸、蛇……様々な動物の剝製が飾られていた。その異様さに小源太は息を吞んだ。が、捕らえられたのは、ひとつの、小さな剝製に目を奪われ、見惚れてしまったからだという。

「上手《うま》く言えないけど、すごくきれいで、なんだか生きてるみたいで、ウン、そうだ、神々しいっていうのかナ、金色の毛が光り輝いていて、丸い目がきらきらしてて……」

「なんの剝製ですか」

「ムジナ」

小源太が言ったとき、どこからか、ウィーンともキューンともつかぬ声がもれた。世にも哀しげな声音《こわね》だ。が、それは一瞬だったので、少なくとも結寿や幸左衛門、小源太や傳蔵夫婦は気に留めなかった。

「お祖父さま。小源太どのがしたことは忌々《ゆゆ》しきことです。他人の家へ忍びこんだのですから。お仕置きはやむをえませぬ。でも、どうか、そうせざるをえなかった気持ちだけはわかってあげてください。わたくしが小源太どのなら、わたくしも同じことをしたかもしれませぬ。武家だから、力があるから、なにをしても許されるなんて……。剝製にされた動物たちだって、どんなに無念だったか……」

幸左衛門は結寿の言葉を黙って聞いていた。

「お祖父さま……」

「わかったわかった。小源太。今晩の飯はナシだぞ。それから、おう、そうじゃ、湯を浴びてさっぱりしたら、わしの肩を揉《も》め」

四

その日も、小山田家の居間では、お婆さまと白翁の談笑する姿が見られた。

結寿はいつものように玄関で白翁を見送ったが、このときもにこやかに挨拶を交わしただけで、白翁に変わった様子はなかった。だから、夕暮れ時に飛んできた百介から白翁一家が出ていったと告げられたときは、びっくり仰天した。

「どうして、どこへ……」

「それが、とんとわからないんでサ。今しがた、当たり前のように、これから出てゆくと挨拶をされたんでございます」

傳蔵夫婦はもちろん、幸左衛門も新之助もあっけにとられたという。

「でも、行き倒れ寸前だったのでしょう？　あれから、ハヤテどのはむろん、お知り合いと出会った様子もないし……行く当てなどないはずですよ」

「ところがどっこい、ハヤテってお人の居所がわかったそうで」

「まァ、どこにいらしたのですか」

「なんでも上野のお山の麓《ふもと》の露店で、籠脱《かごぬ》けをやってたんだそうです」

籠脱けとは一尺余りの底のない籠を台に取りつけ、褌《ふんどし》に鉢巻姿の男があちらからこちら、こちらからあちらと飛び抜けて投げ銭をもらう芸当である。

「どうやって見つけたかはともあれ、一家そろって元居たとこへ帰ることにしたとか」

「それにしても、急ぐことは……」

「へい。あっしらも引きとめたんですがね。食えなくて出てきたんだから、帰ったところでどうなるか、と。けど、大丈夫、心配はいらないからと言うばかりで……」

「そんな……もう出ていってしまったのですか」

「へい。なんだか楽しそうでした。相変わらずみんな、瘦せ細っちゃあいましたが、肌の色つやはずいぶんとよくなったようですし、いそいそと出てっちまいまして、新之助さまが追いかけていったときはもう、どこにも姿がなかったそうで……」

「元居たところがどこか、言わなかったのですね」

「へい。落ちついたら知らせるからと」

結寿は落胆の吐息をもらした。

もちろん、そのうちに出てゆくだろうと思っていた。幸左衛門だけでなく、長々と居座られては傳蔵夫婦も困る。そうは言っても、世話になり心配もかけたのだから、きちんと相談をして、行く先も告げて、それから出てゆくのが筋ではないか。

「急ぐわけでもできたのでしょうか」

「そうは見えませんでしたがね。けどまァ、孫娘のご亭主が見つかっただけでも、出てきた甲斐《かい》はあったってェわけで……。はじめから風に吹きよせられて飛びこんできたような一家でしたから。そうそう、ご新造さまに、くれぐれもお詫びをしてくれと申しておりましたよ」

自分に詫びるより、お婆さまに詫びてほしいと結寿は思った。毎日のように訪ねてきて、今日もついさっきまでおしゃべりをしていたのだ。お婆さまはまるで白翁に恋をしているように見えた。突然、明日から姿を見せなくなったら、どんなに寂しがるか。

「お婆さまが心配です」

「へい。旦那さまでさえ気が抜けてしまわれたみたいで……。小源太なんぞは、返事をまちがえたか、と悔やんでおりますよ。とりあえず、ついてゆけば、行先がわかったのに……と」

結寿は首をかしげた。

「ついてゆけばって……小源太ちゃんは誘われたのですか、いっしょに行こうと?」

「へい。中でも女の子の一人から熱心に誘われたそうで、小源太もまんざらではなかったようですが……姉ちゃんに黙って行くわけにはいかないからと断ったそうです」

結寿は安堵の息をついた。大家の息子というだけで姉弟ではなし、今は昔ほど顔を合わせる機会もなくなっていたが、それでも小源太は身内同然の大事な仲間だった。ゆすら庵の離れですごした嫁ぐ前の日々、娘時代の恋の思い出をよみがえらせてくれるよすがでもある。どこかへ行ってしまうなど、考えただけで哀しい。

「別れは辛《つら》いものですね」

結寿は白翁と子供たちの顔を思い浮かべた。あれほど皆が似た顔つきをした家族も珍しい。そろいもそろって小柄で、丸い大きな目をしていた……。

百介もため息をつく。

「会うは別れのはじめってね。ま、そのうち文が来るんじゃござんせんか。ひょっこり顔を出すってなことも……」

チョチョイがチョイ、ホホイがホイ……寂しさをまぎらわして景気をつけようというのか、百介はおどけて踊りながら帰ってゆく。

お婆さまになんと話したらよいのか、いや、そもそも話すべきかどうか、結寿は頭を悩ませることになった。

結局、話さなかった。

夕餉《ゆうげ》のときも、床へついたときも、お婆さまは上機嫌だった。結寿の名さえ覚えられないのだ、明日、白翁が訪ねてこなくてもなんとも思わないかもしれない。親しげに話していたからといって、恋をしているように見えたからといって、白翁をいつまで覚えていられるか、それも心もとない。そっとしておくほうがよいと考えたのである。

白翁の話はしなかったが、お婆さまはその夜、結寿をじっと見つめて「ツキエどの」と呼んだ。

結寿も「はい」と応える。

「ツキエどの。わたくしはね、果報者です」

結寿の手にふれて、お婆さまはとびきりの笑顔を見せた。

「そのこと、忘れてはなりませんよ」

「ええ。お婆さまがお幸せなら、わたくしも幸せです」

「ホホホ。では、安心して狸穴坂へ参りましょう」

「狸穴坂？　お婆さまは、狸穴坂へ、いらっしゃるのですか」

もちろん、お婆さまの言うことは、もとより支離滅裂である。お婆さまは少女のようにはにかんで、二度三度とうなずいた。

「だって、ホラ、お待ちですからね。言わなかったかしら、もうじきだと」

だれが待っているのかは、訊ねるまでもない。

結寿は風邪をひかないように、お婆さまの華奢《きゃしゃ》な体を綿入れでくるんでやった。床の中でもお婆さまはまだ忍び笑いをもらしている。

白翁どのと狸穴坂を歩いているおつもりなのだわ――。

「お婆さま。楽しい夢をご覧ください」

それが、結寿が生きているお婆さまを見た最後になった。

翌朝、久枝が様子を見にいったとき、お婆さまはもう冷たくなっていた。

死に顔は柔和な微笑を浮かべて、まるで月光菩薩《がっこうぼさつ》のようだった。

五

晩冬の一日、結寿は狸穴坂にいた。

百介と小源太と三人で急な坂道を上ってきたのは、人がようやくすれちがえるほどの道幅で片側が切り落としになった坂の中腹に、小さな碑が建てられたと聞いたからだ。

ムジナ供養の碑である。

建立したのは渡辺家の当主だ。別にわるいことではないからとやこう言う者はいないものの、古《いにしえ》からさんざん殺生をしてきた渡辺家の末裔《まつえい》が、なぜ今になって碑を建てたのかと、だれもがいぶかっている。

「なんだ、ずいぶんちっこいナ」

小源太は爪先で碑を蹴とばした。結寿ににらまれる。

碑は、小源太のちょうど膝の高さで、とても威風堂々とは言えないが、艶《つや》やかな御影石《みかげいし》の角を丸くしたかたちがムジナの目玉を想わせて、これはこれでおさまりがよい。

「あんましでっかくちゃ、じゃまになっちまうってなもんで」

百介は碑の上にのっている落葉を払い落とした。枯れ尾花や枯れ葎《むぐら》ばかりかと思えば、碑のかたわらで千両が紅い実をつけている。

結寿は真新しい碑に手を合わせた。

「渡辺家のご当主はにわかに恐ろしゅうなられたのでしょう。小源太どのがムジナの文を届けたら、今度はムジナの剝製が消えてしまったのですから」

ムジナの剝製が消えたという話は、白翁一家が出ていったすぐあとに、渡辺家の使いが知らせてきた。小源太が盗人でないことはむろん承知していても、ムジナがらみでなにか知っているのではないかと訊き合わせてきたのだ。

「まったく妙な偶然があるもので……。偶然と言えば、渡辺家はそれでなくてもここ数年、ご不幸がつづいていたそうでございますよ」

先代夫婦が相次いで死去した。家宝の茶釜《ちゃがま》が盗まれた。小火《ぼや》を出した、と思ったら当主が怪我をした……等々、立てつづけに災難に見舞われていたらしい。そんなこともあって、もしや殺生の祟《たた》りか、ムジナの仕業かもしれないと思いついたのだろう。

「けどサ……」と、小源太はまだ納得のいかない顔である。「あそこには死んだ動物がいっぱい飾ってあったんだ。なんでムジナだけがいなくなったんだろう」

結寿はムジナの碑から、眼下にひろがる景色へ視線を移した。

麻布といえば坂である。起伏に富んだ土地の大半を占めているのは武家屋敷と寺社だ。その間に人の営みを支える小さな町々があり、かなたには馬場の緑、そして掘割の青……この狸穴坂から見渡すのどかな風景を、結寿はなにより気に入っている。

「ムジナの剝製がなくなったのは、そう、お迎えに来たからでしょう」

「お迎えって？」

「いったい、どういう……」

小源太と百介は結寿にけげんな目を向けた。

結寿は大真面目な顔で、まだあたりを眺めている。

「ムジナを盗みだしたのは、ムジナです」

「なら、姉ちゃんは、ムジナが泥棒に化けてムジナを盗みだしたっていうのか」

「なんのために？　なんで、渡辺家の剝製を盗んだんで？」

「それはね……」と、結寿は目を細めて、麻布十番のゆるやかな坂を下りきった先にある掘割を、豊かな水をたたえた掘割の上にひろがる空を、その空の右手、太陽が沈んだあとに白い月が昇るはずのかなたを見つめた。

「ツキエさまだからです」

小源太はますますこんがらかったというように目をしばたたいている。が、百介はあッと声をもらした。

「お婆さまのお知り合いじゃァ……いや、かどわかされたという……」

「百介。この話はこれまでにしましょう」

「お嬢さま……」

百介は茫然《ぼうぜん》としている。

「なんだ、なんだヨ。ちっともわかんないや。ねえ、ツキエさまってだれなのサ」

地団太をふんでいる小源太の肩に、結寿はやさしく手を置いた。

「ツキエさまはね、お婆さまのことです。月から来て、月へ帰ってしまわれた。お婆さまが亡《の》うなられて小山田家は寂しゅうなりました。みんな、お婆さまが恋しゅうて……でも、きっと、お婆さまは月でお幸せに暮らしておられますよ」

「どうしてそんなことがわかるのサ」

「お婆さまがわたくしにそう言われたからです」

「だけど……だけど姉ちゃんは、さっき、ムジナがツキエさまだって……」

「いいえ。ムジナもね、お婆さまのように月へ帰っていったのでしょうと、わたくしはそう言ったのです。そうですね、百介……」

「あ、へい、へいへい。お嬢さまはそのように」

「ともかく小源太ちゃん、小源太ちゃんが月へ……どこへも行かないでくれて、どんなにうれしいか……」

肩を抱き寄せられて照れくさくなったのか、小源太は身をよじって逃げだした。

「小源太ちゃんはないだろ。何度言ったらわかるんだヨ」

ひと足先に坂を駆け下りてゆく小源太を、結寿は笑いながら見送る。

「百介」

「へい」

「ツキエさまのことは……」

「へいへい、へへいのへい。詮索しないほうがいいことも、この世にゃァ、ございますから」

あっしらもそろそろ……とうながされて、二人は帰路についた。といっても、狸穴坂を下ればどちらの家もすぐそこだ。

「お祖父さまに、香苗の顔を見にいらしてください、と……」

「へい。旦那さまはお顔が見たくてうずうずしておられるんですがね、また例の痩せ我慢ってェやつで」

坂下の辻で、結寿は百介と別れた。

香苗がむずかっているのではないか。重い漬物石を持ち上げて、久枝が腰を痛めているのではないか。万右衛門はまた経を上げながら眠っているにちがいない。万之助は、いつ、御役にもどれるのだろう……。家族は皆、お婆さまのいない喪失感を胸のどこかに抱えながら、いつものように、いつもの暮らしをつづけている。

わたくしも――。

馬場丁の小山田家へ帰る結寿の足は、自ずと速くなっていた。

幕間

花冷えの季節。晩春には付き物の突風で桜の大半は花を散らしてしまったが、真新しい墓のかたわらで墓守のごとく寄りそうカラタチの木は、新緑と純白の小花をいっぱいにつけて芳しい香りを放っている。

結寿《ゆず》は墓の前にしゃがみこんで長々と合掌していた。

ひと月ほど前、大坂では大塩《おおしお》某という者が乱を企てたとか。飢饉《ききん》がつづき、各地から不穏な噂が聞こえてくる昨今ながら、結寿自身はそうした世の中の騒動に耳をかたむける余裕がなかった。四歳になる愛娘の育児に専心しているか、婚家の家事に追われているか、でなければ――手が空きさえすれば――墓参をしたり灯明をあげたりと亡き夫の供養に余念がない。いつまでも泣き暮らしていては武家女の恥……とわきまえて、笑顔とはいかないまでも穏やかな顔をしているが、胸中ではいまだ悲嘆にくれていた。

結寿の夫、小山田万之助《おやまだまんのすけ》が他界して半年余りが経《た》っている。

それと知らずに住まわせてやった男が盗賊の一味だったという災難にみまわれて、小山田家は御先手組与力《おさきてぐみよりき》から無役の小普請《こぶしん》へ降格、住まいも狸穴《まみあな》坂の上の市兵衛《いちべえ》町の屋敷から坂下の馬場丁の小家へ転居となった。舅《しゅうと》は頭を丸め、結寿の夫の万之助が家督を継いだ。が、頑健とは言えない身、心労が祟《たた》ったか夏の終わりにひいた風邪をこじらせて胸を患い、秋にはあっけなく息を引き取ってしまった。転居後、わずか二年にも満たなかった。その前年にお婆《ばあ》さまを見送っているから、小山田家は相次ぐ不幸にみまわれたことになる。

「さぞやご無念でしたでしょうね。わたくしも悔しゅうございます」

思わず言ってしまって、結寿はすぐに自らを諌《いさ》めた。

「恨み言は言わぬとお約束をいたしました。ごめんなさい。寂しゅうてつい……」

万之助は、病にたおれたあとも、決して恨み言や泣き言を言わなかった。苦しげな息の下で妻や娘の行く末を案じ、自分がこの世を去っても明るく生きると約束をさせた。命の火が消えようとしている夫の枕辺《まくらべ》で眠れぬ夜々をすごしたあのときほど、結寿は夫婦の絆の強さを感じたことはない。

「泣き言は申しません。なれど……」

実は今、結寿は岐路に立たされていた。墓参するたび、亡き夫に相談事をもちかけている。自分と幼い娘の行く末についての相談である。

「いかにすべきか、どうぞ、どうぞ道をお示しください」

もとより波風はしょっちゅうだった。これまでも人並みの浮き沈みは経験してきたが、夫の死という過酷な現実は結寿を苦悶の淵へ突き落とした。娘の香苗《かなえ》がいなかったら、どうなっていたか。香苗は万之助の忘れ形見だ。なんとしても自分の手で立派に育てあげなければ……そう思うことで、懸命に生きる気力をかきあつめている。

それなのに実家からは、婚家へ娘を残して帰ってくるようにと矢の催促だった。結寿はまだ二十三である。再婚話には事欠かない。とてもそんな気にはなれないと尻込みする結寿に、継母の絹代《きぬよ》は厳しい口調で言いつのった。

「小山田家の家督は弟御が継がれました。しかも、このたびは御先手組への復帰が許され、市兵衛町の元の屋敷へもどられるとやら。となれば、弟御はすぐにもご妻女をお迎えになりましょう。そなたはどうなるのです？　もはや居場所はありますまい」

不運な偶然が重なって小山田家はお咎《とが》めをうけたが、嫡男の死が周囲の同情をあつめたのか、再び元の御役を拝命した。小山田家の人々にとっては、ようやく明るい兆しが見えはじめたわけである。

「香苗は万之助の大切な忘れ形見、結寿どのとて娘同然です。いつまでもわたくしどものそばにいてください」

「むろんじゃ。老人の世話をさせるのはしのびないが、結寿どのはもはやわれらにとってなくてはならぬお人ゆえ」

万之助の死後も、姑《しゅうとめ》と舅は結寿をこれまでどおり大切にしてくれた。しかも新之助《しんのすけ》の家督相続が正式に許され、御先手組への復帰が決まるや、二人は改まって結寿を呼びつけ、相談事をもちかけた。新之助の嫁になってくれないか、というのだ。

新之助は二十歳になる。結寿からみれば三歳年下だ。とはいえ、婚姻は家と家との契りだから、夫が死去した後に弟の妻になおることはさほど珍しくない。

といっても、結寿には青天の霹靂《へきれき》だった。新之助は、万之助とちがい無鉄砲なところがあり、今でこそ逞しく成長して好青年になってはいるものの、結寿からみればやんちゃな義弟としか思えない。

「わたくしにはとても……」

結寿は辞退した。

舅姑《きゅうこ》は引き下がらなかった。

「わしらは結寿どのを他家へやりとうないのじゃ」

「わが家にとっても、溝口《みぞぐち》家の皆さまにとっても、これがいちばんにございますよ。それになにより、香苗のためになるのですから……」

香苗のためだと言われれば、結寿もむげには断れない。実家の言うなりに再婚をすれば、香苗を手放すことにもなりかねなかった。舅姑はもとより新之助も香苗を可愛がっている。香苗も新之助になついていた。そうは言っても――。

「新之助さまはお若《わこ》うございます。縁談もおありとか。どこぞよき家からふさわしき娘御をおもらいになるのがよろしいかと……」

「いいえ。さような気づかいは無用です。この話はもう新之助にもいたしました。あの子も、結寿どのさえ承諾してくださるならぜひに、と申しましたよ」

考えてみます、ということでその場はおさめたものの、結寿は窮地に立たされた。なぜ女になど生まれたのか。それも武家の娘に――。

だれにも頼らず独りで生きてゆけたらどんなによいか。とはいえ幼子を抱える身、どうやって生きてゆけばよいのか、それがわからない。

「万之助さま。わたくしはどうしたらよいのでしょう？　万之助さまはわたくしに小山田家へ残ることをお望みでしょうか。残って、新之助さまの妻になることを……」

この日も答えは得られなかった。

カラタチの新緑が微風にさやさやと音を立てるばかりだ。

合掌を解いて腰を上げた。そこではっと息を呑《の》む。墓石のあいだを縫うように、ひときわ奥まった小山田家の墓所へ近づいてくるのはまさに新之助、その人ではないか。新之助は閼伽桶《あかおけ》を手にしている。

もしや、結寿がここにいると知って、わざわざやってきたのか。

再婚話を聞かされてから、結寿は新之助と目を合わせないようにしていた。万之助の死後、新之助は馬場丁へ帰ってきたので、おなじ家に住んでいる。いつもなら不自然に思われただろうが、新之助は御先手組へ返り咲いたばかりで毎日のようにあわただしく出かけていた。一方の結寿も、市兵衛町へもどる一家の仕度に追われている。引っ越しが迫っているのでだれもが忙しい。

「新之助さま……」

二人は久方ぶりに目を合わせた。

若々しく澄んだ双眸《そうぼう》がまっすぐに結寿の視線をとらえる。結寿は思わず目をそらせた。新之助の視線の意味するものが察せられたためである。

「義姉上《あねうえ》はきっとここにおいでだと……」

「新之助、さまも、お参りですか」

「それもありますが……義姉上に謝りとうて……」

「謝る？　なにを謝るのですか」

「父や母が言ったことで、結寿どのが困っておられるのではないかと」

結寿は視線をもどした。

新之助は真剣な顔で結寿を見つめている。

「縁談の、こと、でしたら……」

言いかけるや、片手のひらを突きだした。

「言わないでください。今は、聞きとうありません」

「新之助さま……」

「結寿どのが兄の死を悼んで苦しんでおられるのはわかっています。父も母も、こんなときにあんなことを……無神経にもほどがあります。でもひとつだけ、言っておきたかったので……」

新之助はつかつかと墓石へ歩み寄り、まっすぐに対峙した。

「兄上さえ許してくれるなら、それがしは結寿どのと夫婦になりたいと思っています。ただ、無理をしてほしくはありません。急《せ》かすつもりもない。それでも、自分の気持ちだけは、自分で伝えておこうと思ったので……」

新之助が緊張しているのは、硬くなった背中を見ただけでわかった。結寿はふっと頰をゆるめる。こんなときにもかかわらず新之助への愛《いと》しさがあふれた。もちろんそれは、姉が弟に抱く愛しさだ。

「新之助さまはご立派になられましたね」

「義姉上……」

「わたくしは……」

「返事はいらぬと申しました。義姉上がどんなお人かわかっていますから今は……」

「さようでしたね。ではわたくしも、お気持ちをうれしゅう思います、とだけ申しておきます」

新之助の気持ちはうれしかったが、義弟としての愛しさが夫へのそれに変化するものかどうか、今は自信がない。面と向かって打ち明けられたことで、悩みはますます深まったようにも思えた。

新之助をその場に残して、結寿は先に帰ることにした。

小山田家の墓所は市兵衛町の浄圓寺《じょうえんじ》にあった。まだ引っ越し前なので、住まいは麻布《あざぶ》十番の通りに面した馬場丁にある。帰路は飯倉《いいぐら》の大通りを渡って狸穴坂を下り、結寿の祖父の隠宅のある狸穴町をかたわらに見て麻布十番の通りを下る。

狸穴坂を下っている途中、ちょうどムジナの碑があるあたりまで来たときだった。切り落としになった側の草むらでなにかが動いていた。まさかムジナ……と眸《め》を凝らした結寿の前に、手ぬぐいで頬かぶりをした頭がひょこりと現れた。

棒立ちになったまま、結寿は目をしばたたく。驚きは、その頭が祖父の小者《こもの》で元幇間《ほうかん》の百介《ももすけ》だったからでも、ましてや百介がムジナそっくりに見えたからでもなかった。

これと似たような光景を目にしたことがある。

そう。あれはまだ嫁ぐ前、祖父の隠宅で気ままな娘時代をすごしていたころだった。元日の午後、実家からの帰り道、ここで、はじめて、妻木道三郎《つまきみちさぶろう》と出会った。あのときも、ムジナか、と驚いた。道三郎はムジナではなかったが、ムジナの穴を探していた。

あれがはじまり。二人は恋をした。実らぬまま別れることになってしまったが、結寿の胸の奥では、今でも道三郎との思い出の数々が綺羅星《きらぼし》のごとく輝いている。それらは、なにがあっても、消えることはないはずだ。狸穴坂からムジナが退散してしまっても、この坂のそこここにムジナの魂が今も棲《す》みついているように……。

「おや、だれかと思えば、結寿お嬢さまでございましたか」

百介は身を起こし、手ぬぐいをとって挨拶をした。

「こんなところでなにをしているのですか」

「ご隠居さまが、このあたりに根付を落とした、探してこいと仰せになられましたんで」

「お祖父《じい》さまが根付を?」

「へい。元はと言ゃァ、宗仙《そうせん》先生のやつなんですがね……」

弓削田《ゆげた》宗仙は結寿の祖父、溝口幸左衛門《こうざえもん》の茶飲み友達……というか暇つぶしの囲碁相手である。十に八、九は宗仙が勝つ。が、たまたま幸左衛門が勝って奪い取ったのが、宗仙愛用の根付だという。

「まあ、お祖父さまったら……」

近ごろは寄る年波で捕り方指南も捕り物の助っ人も思うようにはできないようだから、退屈しきって、宗仙相手に罵《ののし》り合いながらも囲碁に興じているのだろう。

「お祖父さまもお寂しいのでしょうね」

「へい、それはむろん。あの、いつだったか、うるさいうるさいと言って腹を立てていたムジナの一家……」

「白翁《はくおう》どのと子供たちなら、ムジナだったという証はありませんよ」

「いや、間違いござんせん。あんな、旅芸人一座みたいな一家……ほら、ハヤテとかいう孫娘の婿は上野のお山で籠脱《かごぬ》けをやっていたそうで……」

「白翁一家がどうしたのですか」

「今ごろになって、ご隠居さまはあの連中が恋しいのか、先日もぽろりと、またあいつらが訪ねてこないか、などと……」

結寿は忍び笑いをもらした。それからふっと真顔になる。

「ほんに、いずこにいるのでしょうね。お婆さまは、白翁どのと逢えたのでしょうか」

物思いにふける結寿に「ちょいとお待ちを」と断って、百介はまた根付探しにとりかかった。しばらくして「あったあったッ」とうれしそうに叫び、由緒ありげな根付を結寿に見せる。

「これでご隠居さまも少しはご機嫌がようなられましょう。このところ鬱々と引きこもってばかりおられましたから」

結寿をうながして坂を下ろうとした百介に、結寿は「お待ちなさい」と声をかけた。

目の前にはムジナの碑、かたわらには道三郎とはじめて出会った草むら、狸穴坂は春の柔らかな陽射しに包まれて、麻布の長閑《のどか》な景色を見下ろしている。そこには、満開の花をつけた山桜桃《ゆすらうめ》の大木のある祖父の隠宅も……。

「百介。わたくしは決めました」

「へ、なにを?」

「わたくしの行く道です。帰ったら早速、お舅《とう》さまお姑《かあ》さまに話します」

なにがなんだかわからないのだろう、百介は目をしばたたいている。

「あのムジナたちがもどってくるまで、わたくしはお祖父さまのおそばにいようと……香苗と共にお祖父さまの家で暮らすことにしました」

実家へ帰って他家へ嫁ぐのは問題外。小山田家へ残って新之助の妻になるのも、自分には無理だ。なぜなら、生涯報われないとわかっていても、自分の胸にはまだ愛しい人の面影が刻まれているのだから。そのことに今、気づいた。

新之助の気持ちに応えれば、またもや自分を偽ることになる。それは、新之助にとっても、小山田家の人々にとっても、決してよいこととは思えない。

「あのう……」と、百介がけげんな顔を向けてきた。「お嬢さまは、小山田家と縁を切ると仰せで？」

「今すぐ離縁する、というのではありません。でもよき機会です。わたくしと香苗はお祖父さまのもとへもどり、新之助さまが花嫁を迎えて小山田家を守《も》り立ててゆく。それがいちばんだと思うのです」

「しかし、それではお嬢さまが……」

「自分がなにをしたいか、どうやって生きてゆくかは追々考えます。とりあえず、お祖父さまがわたくしたちを置いてくださるなら……」

　百介はぱっと顔を輝かせた。

「それはもうッ。置くも置かぬも、あそこはお嬢さまの家でございますよ。もどってきてくだされば、ご隠居さまもどんなにおよろこびになるか。見ちがえるようにお元気になられて、また、威勢よく皆を叱り飛ばしましょう」

「お祖父さまのいらっしゃるところ、狸穴の山桜桃の木のあるところが真の実家だということを、わたくしはうっかり忘れるところでした。出戻りは実家へ帰らなければ」

「ほッほッほッ、ソラソラソラ、こいつは春から、ア、縁起がええわいなーぁ」

　おどける百介を見て、結寿は笑った。万之助の死から、いや、小山田家の災難以来、声を立てて笑ったのははじめてである。

「冬のあとには、やっぱり、春が来るのですね」

目頭が熱くなった。涙でかすんだ目の中で、ムジナがくるりと跳んだような……。

結寿は百介と坂を下り、狸穴の辻で別れて小山田家へ帰っていった。

花の色は

一

薄紅色の雲がそこにもあそこにも浮かんでいる。

綿菓子のようにあわあわと溶けてしまいそうな……満開の桜だ。

「ごらんなさい。この坂を下った先に四角くて広い、お家の建っていない場所があるでしょ。お馬に乗る訓練をする馬場ですよ。その手前にほら、香苗《かなえ》のほっぺのような桜、あれが馬場丁稲荷《いなり》、お舅《じい》さまやお姑《ばあ》さまによう連れていっていただいた神社です」

狸穴《まみあな》坂を数歩下りかけて足を止め、結寿《ゆず》は膝を折った。幼い娘の肩を抱いて、目の前にひろがる春霞《はるがすみ》の景色を指で差し示す。桜木自体はさほど大きくはないものの、他の桜より紅が濃いせいか、馬場丁稲荷の周辺はひときわ華やいでいた。

「香苗嬢ちゃまが赤子のころに暮らした家もあのすぐそばでございますよ。まだお小さかったから、覚えてはいらっしゃらねえかもしれやせんがね。そうか、引っ越してきてもう丸三年になるか。まさに光陰矢の如し……」

小者《こもの》の百介《ももすけ》が元幇間《ほうかん》らしからぬしんみりした声で教えたときだ。香苗が振り分け髪の頭をふりたてて、「あそこ」と小さな指を突きだした。

「昔のおうち、カナ、知ってるもん」

「ほう、そいつは感心感心。だれに教えておもらいになったんで？」

「大祖父《おおじい》ちゃま。大祖父ちゃまは母さまに言ったらだめだって。父さまのことを思い出して、母さまが悲しくなるから」

結寿は一瞬、返す言葉を失った。が、すぐに微笑《ほほえ》んでみせる。ぎこちない笑みになってしまったのはいたしかたない。

「困った大祖父さまだこと。よけいな気をまわして」

香苗が「大祖父ちゃま」と呼ぶのは、結寿の祖父の溝口幸左衛門《みぞぐちこうざえもん》である。火付盗賊改方与力《ひつけとうぞくあらためかたよりき》としてならした幸左衛門だが、十年前に隠居して、狸穴町の口入屋《くちいれや》の離れで捕り方指南の看板をかかげた。七十をすぎた今は開店休業、それでもよほど居心地がよいのか、御先手組《おさきてぐみ》の組屋敷がある竜土町《りゅうどちょう》へは帰らずに気ままな隠居暮らしをつづけている。

結寿が祖父の世話を口実に狸穴で暮らすようになったのは十年前、十六歳のときだった。その後、小山田《おやまだ》家へ嫁いで香苗を産み、夫・万之助《まんのすけ》の死後は再び狸穴町の祖父の隠宅で暮らしている。

この日は、狸穴坂を上った市兵衛《いちべえ》町にある小山田家へ香苗を連れていった。年明けに祝言を挙げたばかりの新之助《しんのすけ》夫婦に挨拶をして、帰りに小山田家の墓所がある浄圓寺《じようえんじ》へ詣《もう》でた。小山田家へ行くたびに万之助の墓参を欠かさない。

「さあ、行きますよ」

結寿は腰を上げた。香苗と手をつなぐ。

「小山田家もこれで安泰、亡き旦那さまも草葉の陰で安堵の胸を撫《な》で下ろしておられやしょう」

「ええ。あの新之助どのが今では小山田家のご当主とは……ご立派になられて、見ちがえるようですね。ひところはお舅さまを困らせてばかりいたのに」

「叔父ちゃまはおいたをしたの？」

「いいえ。少しばかり元気がよすぎただけですよ。香苗も大祖父さまによう叱られるでしょう」

「叱られたって怖くないもん」

泣く子も黙る元火盗《かとう》改方与力を怖くないと断言できる者は、お江戸広しといえどもここにいる三人だけだろう。

七つになったお転婆娘はひとときもじっとしていない。幸左衛門に叱られても動じるふうがなかった。その天衣無縫さが似ているからか、二人は大の仲良しでもある。

「新之助さまといえば、たしか御歳二十三……もとさんの一つ上か。てェことは、弥之吉《やのきち》さんもそろそろ嫁を迎えてもいいお歳……」

坂を下りながら、百介は半分ひとりごとのように言う。

もとは隠宅の大家でもある口入屋、ゆすら庵《あん》の傳蔵《でんぞう》・てい夫婦の長女で、宮下町の畳屋へ嫁いでいる。一歳ちがいの弟、弥之吉は口入屋を継ぐべく家業に励んでいた。夫婦にはもう一人、十七になる息子がいる。幸左衛門から捕り方指南をうけた小源太《こげんた》は町方同心に心酔していて、手先の一人として飛びまわっていた。

結寿が狸穴町で暮らしていた娘時代、香苗と似たり寄ったりの年齢だった子供たちは、今や若者になり、それぞれの道を見つけて邁進《まいしん》している。もとが嫁いでいるのだから一歳ちがいの弥之吉が嫁を迎えてもおかしくはないものの、必要最小限しか口を利かず、喜怒哀楽に乏しく、地味で目立たない弥之吉を女人《にょにん》と結びつけるのはしっくりこなかった。百介はなぜ、まだ当分先のことにしか思えない弥之吉の嫁の話題など持ちだしたのか。

「弥之吉さんに縁談があるのですか」

「いえ、そうじゃねえんですがね、女の人といるとこを見たってェ者がおりやして」

「口入屋ですもの、女のお客と道でばったり出会えば挨拶くらいしますよ」

「そういうんじゃねえんでサ。いや、客は客かもしれやせんが……」

弥之吉は永坂の稲荷にある桜の木の下で妙齢の女と話していたという。

麻布《あざぶ》は坂だらけだ。狸穴坂の西方には鼠坂、そのさらに西方に永坂、ここの桜は馬場丁稲荷の桜とは反対に花が白くて大木なので、これはこれで幽玄な趣があった。とりわけ月光を浴びると、夢幻の中から忽然《こつぜん》と浮き上がってきたかのようにも見える。

二人が話をしていたのはそんな大木のかたわらで、しかも一度ではなかった。ちがう時刻に、ちがう人が見ている。ということはしばしば逢っているということで……。

「他人様《ひとさま》の恋路にとやこう口をはさむつもりはござんせんがね、なにしろ片一方があの弥之吉さんなんで……」

百介が言い終わらぬうちに、香苗が手を引っぱった。

「母さま。ほら、ムジナのお墓」

坂の中腹にムジナ供養の碑が建立されている。昔はこのあたりにムジナがたくさん棲《す》んでいたというが、どこへ行ってしまったか、周辺に人家が立ち並んでいる今はめったに姿を見ない。

「そうですね。素通りはできませんね。お参りしていきましょう」

「危のうございますよ。香苗嬢ちゃま、あっと、お気をつけて」

三人はムジナの碑に合掌した。こちらの側は切り落としになっているので、子供と一緒のときは目を離せない。

「ムジナはどこにいるの？　ムジナもお話しするの？　カナ、お話ししたい」

百介が香苗の相手で忙しくなったので、弥之吉の話はそこでお終いになった。内気な弥之吉に想い人ができたというなら、それはそれでめでたいことである。結寿もそれ以上、詮索《せんさく》するつもりはなかった。

狸穴坂を下りきり、辻を左に折れて路地へ入る。ゆすら庵の裏木戸を開けたところには結寿の背丈の倍はありそうな山桜桃《ゆすらうめ》の大木があった。桜より晩熟《おくて》のこの家の山桜桃は、蕾《つぼみ》がちらほらと見えはじめたところだ。

「出番を待っているのですね」

華々しく咲き誇ったとたんに散り急いでしまう桜……それに比べて山桜桃は花の時季が長い。

花のあとにはたくさんの愛らしい紅い実もつける。

山桜桃のおかげでどれだけ癒されたか。

結寿は百介や香苗と談笑しながら、幸左衛門の待つ離れへ帰っていった。

二

「このとおり、お願いします。結寿姉さまにならきっと、どうなっているのか打ち明ける気になるんじゃないかと……」

もとに拝まれて、結寿は困惑顔になった。

弥之吉が女人と逢っているという噂は、もとの耳にも入っていたようだ。弟に好きな人ができたのなら応援してやりたい。なんとか上手《うま》くゆくように……と、気弱さゆえにしくじりばかりしている弟を見てきたせいか、もとは前のめりになっていた。

「そう言われてもわたくしは……」

子供のころ、相談相手になってやったことがある。が、弥之吉は二十一の若者だ。しかも小山田家に嫁いでいたここ数年は話をする機会がほとんどなかった。結寿が訊《き》いたところで、弥之吉が胸の内をさらけだすかどうか。

「両親にどう切り出したらいいかわからなくて悩んでいるんじゃないかと思うんです。だれかが後押しをしてやらないと」

「だったら、もとさん、あなたが訊いてあげたらどうかしら」

「だめだめ。小源太やあたしにはしゃべりませんよ。姉や弟に知られるなんて照れくさいって思うに決まってるもの」

たしかに、近しい身内には話しづらいこともある。

「わかりました。では、訊くだけ訊いてみましょう」

結寿は承諾した。こういうことは策を弄するより、単刀直入にたずねたほうがよい。傳蔵が店番をしているときを見計らって、弥之吉を裏庭へ誘いだした。唐突な誘いに驚いて固まっている弥之吉を、山桜桃の木の下へ連れてゆく。

「香苗は待ちきれないようで、毎朝、蕾の数をかぞえているのですよ」

花のあと実が生《な》ったら穫ってやってくださいね、というと、弥之吉ははにかみながらも笑顔になった。もとは嫁いでしまったし、小源太は飛びまわっていていないことが多いから、頼るべきは弥之吉、ともちあげる。

「そのときはお嫁さんといっしょかしら」

さりげなく言うと、弥之吉ははっとしたように目をしばたたいた。顔を赤らめたのは、やはり想う女人がいるのだろう。

「どんなお人ですか、弥之吉さんのお相手は?」

「ええと……その……まだ、相手なんてもんじゃ……」

「でも、たびたび逢《お》うているのでしょう。お似合いだと評判ですよ」

世間は狭い。人の口に戸は立てられない。相手が堅気の娘なら、一日も早く双方の両親の許可を得ておいたほうがよい。

「よけいな口をはさむつもりはありません。でもね、こういうことはきちんとしておかないと。困ったことがあったら、なんでも相談してくださいね」

それだけ言って、結寿はきびすを返そうとした。

「待ってください。あのう……聞いてもらいたいことが……」

弥之吉は顔を真っ赤にして、ぼそぼそと恋のなれそめを語った。

弥之吉が目下、熱を上げている女はおすみといって、年齢は弥之吉よりみっつよっつ上らしい。仕事の口を探してゆすら庵へやってきたのが知り合うきっかけだったとか。

「身内も、頼る者もいないそうで……」

同情して奉公先を探してやっているうちに恋が芽生えた。

おすみは弥之吉の世話で、善福寺《ぜんぷくじ》門前町の薬種店椿屋《つばきや》に奉公することになった。おすみ自身の事情もありそうだし、弥之吉も店に頼みこんだ手前があるので、縁談を持ちだすのは時期尚早だとわきまえている。

「ですから、たしかめたわけではありませんが……」

奉公の身で大っぴらには逢えない。が、使いに出たときに待ち合わせて……ということは、まったく気がないとも思えない。

「弥之吉さんもおすみさんも、ゆくゆくは夫婦になりたいと思っているのですね」

「おいらはむろん……おすみさんもそうだと思うのです。けど、約束だけでも、と言いかけると、はぐらかされてしまいます。どうしたらいいのか……」

「なにか事情があるのかもしれませんね。調べてみることはできますが……」

結寿が言いかけると、弥之吉はぎょっとしたように首を横にふった。

「ええ。わたくしがおすみさんでもいい気持ちはしないでしょう。それなら、もうしばらくそっと見守るしかありません。おすみさんの気持ちがはっきりするまで」

「そうします。よけいなことを申しました」

弥之吉は律儀に頭を下げた。

男と女のことは余人にはわからない。はじめから首を突っこむつもりはなかった。相談相手がいて、いざというとき力を貸してもらえるとわかってさえくれればそれでいいと結寿は思った。もとはがっかりするかもしれないが……。

「弥之吉さんはやさしい子でしたね。まわりのことを考えすぎて、いつもひとりで悩んでばかり。あのときも……」

「臆病なだけです。思ったことの半分も言えなくて」

「いいえ。おすみさんは弥之吉さんに会えてよかったと、きっと思っていますよ」

二人は山桜桃の蕾を眺める。

三

ゆすら庵の離れでは、皆がそろって牡丹餅《ぼたもち》を食べていた。

大家の女房のていがおすそ分けにと持ってきてくれたもので、口入屋の常連客が手土産にとどけてくれた高輪《たかなわ》大木戸の名物は、他の店のものよりふたまわりほど大きい。

「こういうときにかぎってここにおるとは、おぬしはよほど鼻が利くらしい。そうか、祖先はムジナか」

真っ先に手を出して美味《うま》そうにかぶりついている老人を横目でにらんで、幸左衛門は忌々《いまいま》しげに舌打ちをした。

「ムジナでけっこう。いやぁこいつは美味い。ではもうひとつ」

「あ、二個も食うやつがあるかッ。結寿、取り上げろッ」

老人は近所に住む絵師で俳諧の師匠でもある弓削田宗仙《ゆげたそうせん》、幸左衛門の茶飲み友達……ではあるが、今日は幸左衛門を囲碁で負かした。風当たりが強いのはそのせいだ。

「よいではありませんか。まだこんなにありますもの。それよりお祖父さまも早《はよ》う召し上がってください」

「ふん。こいつのようにがつがつ食えるかッ」

「それならそいつも……」

「うるさいッ。手を引っこめろ」

と、そのとき、香苗が「あ、小源太兄ちゃまだ」と庭に顔を向けた。

小源太がこちらへやってくる。もう一人、年齢は四十がらみ、浪人風のひょろりと瘦《や》せた男が一緒だった。

「小源太さん。あら、お客人ですね。お二人ともよいところへ来ました」

結寿が手招きをするのを見て、「また大食らいが来た」と幸左衛門が吐き捨てる。だがぺこりと頭を下げた小源太は、日ごろの食欲はどこへやら、牡丹餅には見むきもしなかった。同行者を「本所《ほんじょ》で剣術指南をしている安岡一之進《やすおかかずのしん》さま」と皆に引き合わせ、ぐいと眉間にしわを寄せる。

「なにかあったのですか」

「ここんとこ、取りこんでいて」

「八丁堀ですね」

「へい。探索に追われて、妻木《つまき》の旦那は寝る間もねえ有様で……」

昨秋、本所のはずれの、安岡が開いている小さな道場の近所で押し込みがあった。襲われたのは武具屋で、一家は皆殺しにされた。昨年末にも牛込五軒町《うしごめごけんちょう》の唐物屋が襲われ、主人夫婦と住み込みの手代が殺された。さらに年が明けてひと月ほどすると、今度は小日向《こひなた》の茗荷谷《みょうがだに》町でも同様の騒ぎがあった。こちらは蠟燭《ろうそく》屋である。あらかじめ店に入りこんでいた引き込み役が手引きしたものらしく、残虐な手口も似かよっていた。

「武家屋敷や寺社にかこまれた小さな町は早仕舞いの店も多く、夜間は人通りもありやせん。町木戸があっても、木戸番がいねえとこも……」

日本橋や神田のような繁華な町々では毎日のようにやれ喧嘩だ置き引きだとなにかしら事件が起こるので、自分たちで見まわりをしたり御札を立てたりと警戒している。が、武家御用達《ごようたし》の店ではどうしても油断が生じる。そこに付けこまれての災難らしい。

「安岡さまは武具屋の主人と無二の友だったそうで……で、ご自分の手で仇《かたき》を討ちたい、なんとしても探索に加わりたいと仰せられて……」

「しかし五軒町でも茗荷谷でもしくじってしもうた。それゆえこたびこそは、と」

唐物屋がもしやと危ぶんだ矢先に襲われたのは安岡のせいではないとしても、蠟燭屋では、裏口を見張っていた安岡がだれかに殴られて昏倒するという失態が盗賊の捕縛を阻む結果となった。安岡はなおのこと責任を感じて、こうして駆けまわっているという。

「その安岡さまが、なにゆえここへ……」

百介が真っ先に口にした問いは、だれもが思っていたことだろう。

小源太と安岡は目を合わせた。

「本所、牛込、小日向……となると、麻布もうかうかしてはおられやせん」

麻布も武家屋敷と寺社が大半を占め、そのあいだに小さな町々がある。

小源太の話を聞いて牡丹餅を喉に詰まらせたか、宗仙が目を白黒させて胸をとんとんと叩いた。

「お、押し込みとは、ぶ、物騒な……わしの絵も狙われる、やもしれん」

百介が這《は》い寄って背中をさすってやる。

「その心配はござんせんよ。先生の絵なんか二束三文……あ、いや、押し込みってェのは盗む銭のあるとこしか入らねえもんで……」

言わずもがなのことを言って、百介は邪険に手をふりはらわれる。

幸左衛門は臆病な宗仙とは正反対だった。盗賊と聞いただけで元火盗改方与力の血が騒ぐのか、双眸《そうぼう》に強い光が宿って、十も二十も若返ったように見えた。

「心配無用。このわしが一人残らずひっ捕らえてくれるわッ」

「お祖父さま、狙われている店がわからなければ捕まえようがありません。ね、小源太さん……」

小源太は「そういうこと」とうなずいて、一同の顔を見渡した。

「それで飛んできたってェわけなんで。今のところ手がかりは引き込み役、といっても店の者が死んじまったんで女だってことくらいしかわからねえが……三軒とも下働きに雇ったばかりの女中が行方知れずになっている。となれば、なんてったってウチは口入屋だ。父ちゃんや兄ちゃんに怪しいやつがいないか訊くのが一番。あ、いや、その前にご隠居さまに目を光らせていただくよう、よくよく頼んでおくつもりでここへ……」

小源太も大人になったものだと結寿は忍び笑いをもらした。ゆすら庵を覗《のぞ》いたら客がいたので先に離れへ来た、というのが本当のところだったとしても、幸左衛門を上機嫌にさせておけば長年の経験と知恵を借りることができる。

「そういうことなら、まぁ手伝《てつど》うてやらぬでもないが……うむ。安岡どのと言うたか、そのほうの熱意にほだされたとでも言うておこう」

「道々うかごうたところでは、ご隠居さまはもと火盗改方与力、それも界隈《かいわい》では知らぬ者がないそうな。ぜひとも、よろしゅうお頼み申し上げまする」

安岡も調子を合わせる。

もったいぶっているものの、幸左衛門はすでにやる気まんまんだった。

「百介。母屋へ行って、帳面を調べてこい」

「へいへい。牡丹餅をいただいたらちょっくら……」

「餅など食うてる場合かッ」

「お祖父さま。そんなにあわてなくても。お客がいるかいないか、まずはわたくしが見て参ります。この器をお返ししなければなりませんし」

小源太に目くばせをして、結寿は庭へ下りた。ひと目で意気投合したらしい安岡を幸左衛門の相手に残し、小源太と母屋へ向かう。小源太はここでも勘の良さをみせた。

「妻木の旦那なら、自分のことより姉ちゃんのことを心配してる。どんなに忙しくたって、おいらを見たら、それだけが気がかりだってな顔をして……」

すっかり大きくなった小源太だが、いつのまにか昔のように打ち解けている。二人になれば、結寿も同様だった。

「小源太ちゃんッ。妻木さまとのことは昔のこと、聞きたくありません」

「いいからいいから、二人が考えてることくらい、わかってるって」

「もうッ。生意気言うんじゃありませんッ。わたくしは昔のわたくしではないの。今だって小山田家の嫁だし、香苗の母、万之助さまの……万之助さまの妻ですよ」

「わかったわかった。おお怖《こ》わ怖《こ》わ」

結寿を置き去りにして、小源太は母屋へ駆けこんでしまった。

四

幸左衛門と百介は探索を開始した。大店《おおだな》をまわって不審な出来事がないか探ると同時に用心をうながし、怪しげな者がいると聞けばどこへでもすっ飛んでゆく。ゆすら庵だけでなく口入屋は各町にあるので、帳面を借りて丹念に奉公人の出入りを調べた。

数日後、百介は、お仕置きに引き出された子供のような顔で結寿のところへやってきた。

「ちょいと、お耳に入れておきたいことが……」

「押し込みのことですね」

「へい。まだ、これぞという手がかりはねえんですが……」

素性不明の女が一人、見つかったという。名前を聞いて結寿は耳を疑った。

「おすみさんは弥之吉さんの……。まさか、おすみさんのことなら弥之吉さんが知っているはずです」

仕事の世話をする際には、前に勤めていた奉公先からの紹介状か、さもなければ大家や町名主などの身元保証の書付けが必要である。

「ところがそういったもんはございやせん。住まいもでたらめのようで……」

「でたらめ？　帳面にでたらめを記していたということですか」

「弥之吉つぁんがなにを、どこまで知っているかはともかく、おすみさんに泣きつかれて上手いこと算段してやったんじゃございませんかね」

口入屋が太鼓判を押せば、雇う側もうるさいことは言わない。

「百介。おすみさんを、盗賊の引き込み役だと疑っているのではないでしょうね」

「そんなことは……しかし、思いもよらぬことが起こるのが世の中ってェやつで……」

小山田家は、盗賊とかかわりがあるとも知らず、柘植平左衛門《つげへいざえもん》という素性の知れない男を居候させてしまった。平左衛門が今は亡きお婆さまと心を通わせていたからだが、結寿の目から見ても好人物にしか見えなかった。

その結果はどうなったか。小山田家はお咎《とが》めをうけ、それが直接の原因ではなかったにせよ、万之助の病死という取り返しのつかない悲劇を招いてしまった。

「弥之吉さんに話したのですか」

「いえ。まだなにもわかったわけではありやせんから」

「話してはなりません。少なくとも素性がわかるまでは。おすみさんにもくれぐれも気づかれぬように。自分の素性をこそこそ探られているとわかったら、おすみさんは腹を立てるはずです。弥之吉さんとの仲もこじれてしまいます」

弥之吉が惚《ほ》れこみ、夫婦になりたいと願っている女である。結寿にしても、盗賊の片割れだなどとは思いたくない。

うなずきはしたものの、百介は眉をくもらせた。

「あっしだって他人様の恋路のじゃまはしたくはござんせん。けど、今はそんなことを言ってる場合では……大勢の人間の命がかかっているわけで……」

「百介の言うとおりですね。ようわかりました。なにかわかったら、そのときは、わたくしが弥之吉さんに話します」

もちろん結寿は、おすみが押し込みにかかわっているとは露ほども思わなかった。が、おすみが出自のことで他人に知られたくない秘密を抱えているのは事実だろう。

弥之吉さんが悲しむようなことにならなければいいけれど——。

結寿は祈るような思いだった。


祈りは通じなかった。翌日には、早くもひと波乱があった。

襖《ふすま》を開け放った離れの座敷に文机《ふづくえ》を置いて、心地よい微風に吹かれながら香苗の習字をみてやっていると、母屋のほうから騒々しい物音が聞こえてきた。と、いくらもたたないうちに、ていが困惑顔で駆けこんできた。

「弥之吉と小源太が取っ組み合いの喧嘩をッ」

亭主の傳蔵がいれば、店で喧嘩など言語道断と倅《せがれ》どもを怒鳴りつけ、張り倒していたはずだ。

が、あいにく出かけていた。ていは代わりに幸左衛門に仲裁を頼もうと思ったのだろう。だが幸左衛門と百介もこのところ探索で出ずっぱり。

「わたくしが行きます。香苗をみていてください」

結寿は店へ飛んでいった。

弥之吉と小源太はまだ取っ組み合いの最中だった。床にころがった弥之吉の上に馬乗りになって、小源太が殴りつけている。が、子供のころよくやっていた兄弟喧嘩なら、弥之吉はすぐに降参していたはずだ。今は様子がちがっていた。膝頭で弟の腹を突き上げ、二人は揉《も》み合いながら上下をめまぐるしく替えてころがる。

「おやめなさいッ」

結寿は自分でも驚くほどの大声で叱責した。

二人の動きがぴたりと止まる。

「起きなさいッ。黙ってッ。口ごたえは許しません」

井戸端で顔を洗うよう、結寿は二人に命じた。店を放ってはおけない。離れで待っていたていと香苗に店へ移ってもらって、弥之吉と小源太を離れへ連れてゆく。

二人は神妙な顔で結寿の前に膝をそろえた。髷《まげ》が歪み、顔には痣《あざ》や引っかき傷が……いずれ劣らぬ満身創痍だ。

「なにがあったのですか」

たずねてはみたものの、結寿には推測がついていた。弥之吉がこれだけ激高するのは、おすみのことにちがいない。小源太は百介から怪しい女の話を聞いたのだろう。それとも、新たに忌々しい事実がわかって知らせにきたのか。

「兄貴は帳面をごまかしてたんだ。色目をつかわれて」

小源太が真っ先に答えた。

「ちがうッ、そんなんじゃないッ」

「だったらなぜ、生まれも育ちもでたらめなんだ？　住まいだって別人が住んでたぞ」

「これには事情が……」

「だから、どんな事情かと訊いてる」

「おまえに話す筋合いはないッ」

まぁまぁまぁと結寿は二人をなだめた。

「押し込みの件で進展があったのですか」

「そいつはまだ……ただ、善福寺界隈じゃ椿屋は内証が豊かだし、狙われる店の筆頭と言ってもいい。おすみという女を見張っていればきっと……」

「無礼じゃないかッ、おすみさんを盗賊の一味だと決めつけるなんてッ」

「一味だとは言ってないサ。けど、そうじゃない、とも言いきれない。だから、探ってくれ、と頼んだんだ。こっちはお手上げだけど、兄貴なら、ここへ来る前どこにいたかくらい訊きだせるだろう」

「断る。今になってなぜそんなことを訊くのかといぶかられる」

「ならいいサ。兄貴がいやならこっちで調べる。だが手荒なまねも辞さぬぞ」

「だめだッ。やめろッ。勝手なことはするなッ」

これでは収拾がつきそうにない。

「話はわかりました。おすみさんのことはわたくしにまかせてください」

結寿が言うと、二人はけげんな顔になった。とりわけ小源太は納得がいかないようだ。「ここで取り逃がしたら、後れをとったら、まただれか殺《ゃ》られるかもしれない。妻木さまだってそれを案じて……」

「ほら、決めつけてるじゃないか、おすみさんが盗賊の一味だって」

「小源太さんも弥之吉さんも、お聞きなさい。これがどんなに大事な手がかりか、わたくしだってわかっていますよ。いえ、お待ちなさい。弥之吉さんにとって、おすみさんがどれほど大事な人かも……。ですからね、ここは慎重に進めないと……」

万が一盗賊の一味だとして、弥之吉が下手なことをたずねればバレたかと警戒される。みすみす捕縛の機会を逃してしまいかねない。一方、おすみが盗賊とかかわりがないとしたら、小源太の強引な取り調べに傷つき、弥之吉とのあいだに芽生えかけた――おすみの気持ちはまだわからないとしても――恋は壊れてしまうかもしれない。

どうすればよいか、結寿にもわからなかった。が、血の気の多い若者たちにまかせてはおけない。それだけは確信していた。

「小源太さん。妻木さまには、わかり次第知らせると伝えてちょうだい。弥之吉さんには、おすみさんとどうやって逢っていたのか教えてもらわないと……」

ぐずぐずしている暇はない。

結寿は思案をめぐらせた。

五

もとが押し込みの騒動について聞いていなかったのは幸いだった。もし知っていたら、どんなに知らないフリを装ってもどこかでぎこちなさが出てしまったにちがいない。

結寿ははじめ、自分でおすみに会いにゆくつもりだった。が、弥之吉の親族でもない女が訪ねれば、おすみは不審に思うはずだ。結寿が元火盗改方与力の孫娘であり、御先手組与力の妻だったことは近所のだれもが知っている。おすみが盗賊の一味なら、それだけで危険を察知するにちがいない。

結寿はもとに、おすみに会う役を頼んだ。

「フフフ、そりゃびっくりしてましたよ。でも姉だと言ったら、ちょっとうれしそうなお顔になって……」

「どんなお人でしたか、おすみさんは」

「そうねえ、見かけは地味で目立たない人。失礼な言い方だけど、顔立ちは十人並みかな。でも気立てはよさそうで、お店の人たちの話じゃ、礼儀正しいし働き者だって……」

想像とはだいぶちがう。素性を隠していると聞いていたので、もっと謎めいた、陰のある女かと思っていた。

「感じのよいお人だったのですね」

「ええ。弥之吉のことも、本気で好いてくれているみたいで……」

もとまでうれしそうだ。

「生い立ちやご家族のことは、なにか話してくれましたか」

「貧しい棟割長屋で育ったので知られるのが恥ずかしかったって……弥之吉にはなにもかも打ち明けるって言ってました。あたしもね、昔のことなんか気にしなくていい、もし二人がそのつもりなら、ぜひ妹になってちょうだいって言ったのよ。もっともおすみさんはあたしより年上のようだけど……」

もとはけろけろと笑った。おすみがよほど気に入ったのか、弥之吉のように気弱な男には姉さん女房がいいかも……などとくったくがない。

「もとちゃんが訪ねたこと、不審に思ってはいませんでしたか」

「もちろん。弥之吉は恋煩い、なのに臆病で自分ではなかなか言えないものだから、じれったくなってあたしが代わりに……と言ったら、おすみさん、赤くなって……。いつものところで待ってると伝えたら、うなずいていましたよ」

とりあえずは上手くいった。もとの話を聞いたかぎりでは、おすみと盗賊一味を結びつけるものはない。あとはおすみが弥之吉に素性を包み隠さず話してくれれば、疑いは晴れる。二人は夫婦になれるかもしれない。

「弥之吉さんに早く知らせてあげましょう」

結寿はそそくさとゆすら庵へ向かった。


弥之吉は、あらかじめ決めていたとおり、おすみに逢いにいった。といってもおすみは奉公人だから、薬をとどける途中のほんの短い立ち話だ。もうあらかた花は散ってしまったものの、いつもの永坂の稲荷の桜木のかたわらである。

結寿は胸を昂《たか》ぶらせながら、弥之吉の帰宅を待った。

おすみが素性を隠していたのは、本当に、貧しい生まれ育ちが恥ずかしかったというだけだろうか。親に捨てられたか、親兄弟に前科者でもいるのか、年齢からして不幸な結婚をしていたということも……。だとしても、弥之吉はものともしないだろう。盗賊の一味でさえなければ。

よろこびに目を輝かせ、誇らしさに頬を染めて帰ってくるにちがいない。

結寿は門のそばまで出てゆき、桜に代わって今や満開となった山桜桃の梢《こずえ》を見上げた。先日、弥之吉と眺めたときはまだ蕾だった。山桜桃の景観は、まるで弥之吉とおすみの恋の写し絵でもあるような……。

門扉が開いた。

弥之吉が入ってきた。

結寿は目をしばたたいた。

「どうか、したのですか」

弥之吉は青ざめ、ふるえていた。ようやくここまで歩いてきたといった体で、大木の幹に両手をついて喘《あえ》ぎにも似た息を吐く。

おすみに断られたのか。もとの判断は誤っていたのか。

なんと言ってよいかわからないので、結寿は弥之吉の背中にそっと手を置いた。

「弥之吉さん……」

「わかっています。話したくないけれど……話さないわけにはいきませんね。話さなければ、おいらはきっと、自分が、許せなくなる」

どういうことだろう。結寿は黙って先を待つ。

弥之吉は世にも苦しげな呻《うめ》き声をもらして、二度三度、拳《こぶし》で幹を叩いた。それからくるりと向きをかえて大木によりかかり、満開の梢を見上げてかすれた声で笑う。

「大丈夫。大丈夫です。ちゃんとやりました。わからないように。心配しなくても大丈夫です。おいらだってそのくらい、そのくらいはできますよ」

結寿は血の気が引いてゆくのを感じた。

「もしや……」

「三日後です。いや、三日後の晩になにかがあると言ったわけじゃない。ただ、一緒に逃げてくれ、と言われました。くわしいことは、なにもかも、そのときに話す、と」

おすみは、もうここにはいられない、どこか遠くへ行きたいから一緒に行ってほしいと涙ながらに頼んだという。小源太から押し込みの一件を聞いていなければ、おすみに惚れこんでいる弥之吉のことだ、苦渋の決断ではあっても、おすみと一緒に逃げていたかもしれない。

「おすみさんは怯《おび》えていました。助けてくれとすがるような目で……。できることなら、一緒に逃げてやりたいと、心底思いました。でも、でももし……おいらが黙っていて、取り返しのつかないことが起こってしまったら……」

弥之吉は泣いていた。

今やすべてが明らかになった。そう思うのは辛《つら》いが、真実から目をそむけるわけにはいかない。

結寿は表情をひきしめた。情に流される前に、元火盗改方与力の孫娘らしく、事に対処しようと丹田に力をこめる。

「おすみさんは、弥之吉さんが一緒に逃げてくれると思っているのですね。三日後の晩に、どこかで待ち合わせて、遠くへ行ってくれると……」

「そうです。約束しました」

「弥之吉さん。よう、話してくれました」

「迷いました。悩みました。ずっと、ここへもどるまで」

「わかりました。あとはわたくしに。弥之吉さんはなにも考えず、三日後に待ち合わせの場所でおすみさんを待っていてください」

だれにも知られぬように、辛かったら病のふりをしてもいい、そう言ってやると、弥之吉は大丈夫ですとうなずいて涙をぬぐった。母屋へ行きかけて、悲愴《ひそう》な顔でふりむく。

「おすみさんは、どうなるのですか」

結寿は戸惑いを隠せなかった。おすみが盗賊の一味なら、たとえ引き込み役でも減刑されることはないはずだ。多くの命がむごたらしく奪われている。

やむなく、こう返した。

「これからは悪事にかかわらずにすみます、生涯、二度と」

六

結寿の身辺はにわかにあわただしくなった。

おすみの一件は百介が小源太へ知らせ、小源太は妻木と安岡に知らせた。

安岡は妻木の命をうけて、早々とゆすら庵の離れへやってきた。もちろん幸左衛門が指揮を執るわけではない。こたびは火盗改方ではなく、町奉行所の捕り物である。が、奉行所の動きが外へもれれば盗賊一味の耳へも入る恐れがあった。秘密裏に事を進めるにはゆすら庵の離れは恰好《かっこう》の密談場所である。

いざこうなってみると、小源太は兄が心配で居ても立ってもいられぬようだった。

「兄ちゃんはどうしてる?」

顔を合わせるたびに、結寿に訊いてきた。

「いつもと変わりませんよ」

自分の家なのだから帰ればいいのに、小源太はこのところ八丁堀で寝泊まりをしている。離れへ顔を出しても母屋へは立ち寄らない。弥之吉の心中をおもんぱかるからか、小源太ばかりでなく、結寿以外はだれもがゆすら庵の母屋へは近づこうとしなかった。

「今一度、当夜の手筈《てはず》をさらっておこう」

これまでしくじりつづきの安岡の気合はすさまじかった。

「おぬしのような手下《てか》がおったらのう。まこと、役立たずの鈍《なまく》ら武士《ざむらい》どもに爪の垢を煎じて飲ませたいものよ」

こと捕り物に関しては妥協を許さない鬼の幸左衛門も、安岡には一目置いている。剣術指南とはいえ、禄《ろく》を食《は》む武士でもないのに道場を閉めてまで盗賊退治に専心するとは見上げた心がけ……。近ごろの若侍の軟弱さが腹に据えかねている幸左衛門だ、安岡をもちあげるのは当然だった。が、小源太は面白くなさそうだ。

「捕り方でもないやつがしゃしゃり出なくたって……妻木の旦那こそ、いっぺんくらいこっちへ顔を出しゃいいのに」

「お奉行所のお人が出入りすれば人目につきます。時は迫っているのですよ。仲間割れをしてはいけません」

結寿は小源太をたしなめた。

当然ながら盗賊を捕縛するのは奉行所の捕り方である。そのための手筈はすでに妻木道三郎《みちさぶろう》がとのえているはずだ。安岡や小源太、幸左衛門ができることは、交替で椿屋を見張ることと、異変があったら妻木に知らせることくらいだったが……。

「咎められてもかまわぬ。おれは捕り物に加わるぞ。竹馬の友の仇を討たぬまま、おめおめと生きながらえるなどもってのほかだ」

安岡の剛毅な宣言がまた、幸左衛門を感涙させたのは言うまでもない。


いよいよ、その夜がやってきた。

朝から降ったり止んだりの小ぬか雨も夕刻にはあがり、空には星がまたたいている。

「弥之吉さん。あなたは椿屋の人々の命を救うのです。そのことを誇りに思うてください」

結寿は、くちびるの色こそ失《う》せているもののこれまでとは別人のように凜《りん》とした顔つきの弥之吉を、痛ましさ半分、頼もしさ半分といった心地で送りだした。予定どおりなら、おすみは椿屋で盗賊の一味として捕らえられるはずで、弥之吉は待ちぼうけを食うことになる。が、万にひとつ、おすみが逃れてくることも、ないとは言えない。

「刃向かってくれば別ですが、弥之吉さんの前です、くれぐれも手荒な真似は……」

「ご安心を。これでも捕り方指南の一番弟子にございます」

百介はひそかに弥之吉のあとをつけた。物陰に隠れて見守る役目だ。

安岡、小源太、それに幸左衛門は、とうに椿屋の見張りに出かけていた。奉行所の捕り方衆は、夕刻までに、あらかじめ定めておいた飯倉《いいぐら》新町の仕舞屋《しもたや》へ頼母子講《たのもしこう》のふりをして三々五々集い、待機する手筈になっている。

結寿は香苗を寝かしつけた。自身は着の身着のまま横になっただけ。眠れるはずがない、皆が無事に帰ってくるまでは……。刻々と時がすぎてゆく。子《ね》の刻、丑《うし》の刻、寅《とら》の刻……これでは夜が明けてしまいそうだ。

捕り物ははじまったのか。盗賊は一網打尽になったのか。店の者たちは無事か。おすみは……おすみもお縄になったのだろうか。

葉桜になった永坂の桜木の下で唇を嚙みしめ、虚空をにらんでいる弥之吉の姿が眼裏に浮かぶ。じっとしていられなくなって、結寿は下駄をつっかけ、山桜桃の木のところまで行ってみた。

昼間の小ぬか雨は、花を散らせるかわりに、艶《つや》めきと芳しさを引き出す役目を果たしたようだ。幽玄な花雲の下にたたずんでいると、くらくらと眩暈《めまい》がして、時があともどりしてゆくような錯覚にとらわれる。

「妻木、道三郎さま……」

ふっと、つぶやいていた。だれもいないからよかったものの、こんなふうに口に出すとは不謹慎きわまりない。あわてて首を横にふる。

そう。金輪際、思い出にひたってはいけないのだわ。なぜなら、わたくしは小山田家へ嫁いだ女で、此岸にいようが彼岸にいようが、万之助さまの妻なのだから——。

目を閉じたときだ、木戸が開いた。足早に入ってきた男が、山桜桃の木の下の結寿に気づいてぎょっとしたように立ちすくむ。

「あ、安岡さま……終わったのですか。捕り物は首尾よういったのですか」

「それが、その、なにが、なにやら……」

安岡は鬚《ひげ》が伸びかけた顎をぐるりと撫でた。暗いので顔色まではわからないものの、目玉が忙《せわ》しなく動いて、顔のそこここから汗が噴きだしている。

「どうなさったのですか。なにがあったか、お教えください」

「女が、出てきた」

「女……おすみさんがッ。賊を呼びこむためではなく？」

「旅仕度で……どこかへ、速足で、行ってしもうた」

「弥之吉さんとの待ち合わせ場所でしょうか」

「わからぬ。小源太があとをつけていった」

となれば、だれかが飯倉新町で待機している捕り方に知らせなければならない。幸左衛門をその場に残して、安岡が知らせに走った。ところが――。

安岡は、今度は片手のひらで顔をつるりと撫でた。

「もぬけの、殻、だった……」

「もぬけの……捕り方衆はどなたもいなかったのですか。だれ一人？」

安岡はうなずく。双眸に驚愕の色が浮かんでいる。

捕り方は数十名、たしかに日暮れ時には仕舞屋で出動の命令を待っていたという。椿屋を見張っている安岡一行になにも知らせず、一人残らずいなくなるというのはどう考えてもおかしい。安岡はあまりに驚いたので、とっさにどうしてよいかわからず、ここへ来ればなにかわかるかと――というより自分がどうすべきか判断がつかないままに――駆けもどってしまったらしい。

「ここへはなにも……だれも来なんだか」

「はい。参りませんでした。知らせも、いっさい……」

結寿はけげんな顔になった。安岡の話が腑《ふ》に落ちないのはむろんだが、雷に打たれたかのように硬直しているその様子があまりにも異様に見えたからだ。

捕り方が消えてしまったのはたしかにおかしい。だがこれは、今夜のところは椿屋が押し込みに襲われる心配はない、という証だろう。本来なら、それがわかった時点で安岡に知らせるはずだ。安岡に連絡がとれなければだれか、せめてこの離れにいるだれかへ一報しておくはずではないか。

知らせなかったのはなぜか。その必要がないと判断したか、わざと、知らせなかったかだ。

「今日は中止、帰るぞ」というだけなら隠すことはない。もしや捕り方は、奉行所へ帰ったのではなくどこか別の場所へ移動したのでは……安岡に知られたくない場所へ。

結寿は、一歩、あとずさった。

安岡の双眸がぎらりと光った。

突然、恐怖がこみあげた。と、同時に、香苗を守らなければ、と思った。万之助の忘れ形見を奪われては死んでも死にきれない。

結寿は安岡に背を向け、離れの玄関へ向かって駆けだそうとした。

そのときだ。ウギャッと人の声とは思えぬ声がして、結寿の背後で人が倒れる音がした。土埃《つちぼこり》が舞い上がる。

「もう大丈夫だ」

聞きなれた声がした。

「妻木、さま……」

鞘《さや》を払った刀を手にした妻木道三郎と茫然《ぼうぜん》とたたずむ結寿のあいだに、安岡がうつぶせに倒れていた。右の肩口から腕にかけて血が噴きだしている。その手の先にやはり抜き身の刀がころがっていた。安岡は死んではいない。呻いている。

「妻木さま、これは……」

「止血をしよう。こやつにはまだ訊きたいことがある」

道三郎は自分の袖を引きちぎって安岡の腕を縛った。安岡は気を失ったか、ぐったりとして、されるがままになっている。

「中へ運びますか」

「いや、皆が来るはずだ。それからでよい」

「いったいなにが……」

「赤坂で押し込みがあった。が、賊は捕らえた。もう安心だ」

「赤坂で？　では、椿屋は……」

「目くらましにするつもりだったのだろうが、調べはとうについていた。あとはこやつを騙《だま》し、どうやって確実に捕縛まで漕《こ》ぎつけるか。おかげで首尾よういった」

結寿は深々と息を吐いた。半分は驚き、半分は安堵、少しばかり忌々しさも。

「わたくしたちも騙されていたのですね。おすみさんのことも、はじめから盗賊の一味ではないとわかっていたのに……」

「すまぬ。わかってくれ。人の命がかかっていた」

「そう……でした。むろんです。お役に立ててよかったと思います」

それになにより、道三郎は命を助けてくれたのだ。道三郎がいなければ安岡に口封じされていた。香苗も無事だったかどうか。

忘れかけていた恐怖がよみがえって、結寿は身震いをする。

「ありがとうございました。いつも、わたくしを、助けてくださって」

「そういうめぐりあわせなのだろう、拙者と結寿どのは……」

結寿はにわかに居心地のわるさを感じた。狼狽《ろうばい》している自分に気づいたからか。

「それにしても、ようここに……」

「安岡はおかしいと気づいたらもどってくるはずだと思った。ここでこやつを捕らえるつもりだった。ところが、もどっていないようで、離れはしんとしていた。寝ているなら起こすまい。そう思ったところへ結寿どのが出てきた。驚いて思わず身をひそめていたら……そこへ、こやつが入ってきた」

結寿ははっと目をみはる。

「では、ここにいらしたのですか、わたくしが出てきたときにはもう……」

道三郎は、自分の名をつぶやいた声を耳にしたのではないか。若き日、想い想われた女が花の香に酔って「道三郎さま」と口にするのを……。

「わたくしは……そう、わたくしはすっかり動転していて……」

耳にしていたとしても、道三郎はそんな素振りは見せなかった。結寿を困らせたくなかったからか。狼狽の先にあるものを知るのが怖かったのかもしれない。

「娘御のそばについていてやったほうがいい。おれはこやつを見張っている」

はい、と答えて、結寿は救われたように離れの玄関へ駆けこんだ。

七

ゆすら庵の店先を覗いて、結寿はほっと息をついた。

弥之吉が客と話している。いつもと同じ、おだやかな顔だ。心の傷がそれほど簡単に癒えるとは思えないが、なんとか折り合いをつけたのだろう。

裏木戸へまわりこむと、山桜桃の木のそばでもとが待っていた。

「花が散ってしまいましたね」

ぎこちない笑顔で身を寄せてくる。

「じきに紅い実をつけますよ。弥之吉さんが香苗のために穫ってくれるそうです」

「よかった。元の弥之吉にもどってくれて……」

弥之吉とおすみの縁談がだめになったと知らせたとき、もとは落胆して、あきらめきれない様子だった。なんとか自分が……とひと肌脱ごうとしたものの、おすみの居所がわからないのではどうすることもできない。

おすみは、どこかへ行ってしまった。

押し込み騒ぎのあの日、旅仕度をして椿屋の勝手口から出てきたおすみは、小源太にあとをつけられているとも知らず、四ノ橋を渡って白金《しろかね》から高輪をぬけ、とうとう品川宿まで行ってしまったそうだ。弥之吉が待っている永坂の稲荷とは正反対の方向でもあり、さらに先へ急ぐ様子なので、小源太は追跡を断念せざるを得なかった。おすみが江戸を離れるつもりなら、どのみちあとをつけるのは無理だ。

弥之吉は夜明けまで待ちつづけた。おすみが自分との約束を反故《ほご》にして独りで旅に出てしまったと知らされてから、ようやく、ゆすら庵へ帰ってきた。

盗賊の一味でないなら、おすみはいったいなにから「逃げよう」としていたのか。弥之吉との約束を違《たが》えたのはなぜか。

ふたつ目の疑問については、弥之吉自身が答えを用意していた。

「おすみさんはあのとき気づいたんだと思います。隠しおおせたと思ったけれど、やっぱり動揺してるのを気づかれてしまった。そんなおいらを見て、一緒に逃げることを迷っているんじゃないかと。だから、おいらを困らせまいとして……」

弥之吉の推測はおそらく当たっている。一緒に逃げる約束をして帰ってきたときの弥之吉は、結寿の目から見ても尋常には見えなかった。律儀で嘘のつけない弥之吉である。本人は平静を装ったつもりでも、おすみには見ぬかれてしまったのだろう。だからおすみは悩んだ末に、独りで旅立つことにした。

では、もうひとつの疑問については――。

「なにか、わかったのですね。わたくしに話があるのでしょう?」

結寿はもとをうながした。

もとは表情をあらため、ふところから封書を引き出す。

「今ごろになって、おすみさんからとどきました」

まあ……と言ったきり、結寿は絶句する。

おすみに会いにいったとき、もとはおすみを気に入ったと言っていたが、おすみのほうでももとに好感を抱いたのだろう。婚家の場所を聞いていたので、旅先のどこかで文《ふみ》を認《したた》めたのだ。

「読んでください」

結寿は胸を昂ぶらせながら手渡された文を開く。

おすみは真っ先に詫《わ》びていた。弥之吉との約束を破ったことだ。けれどやっぱり、そうするしかなかった、とも書いている。おすみには亭主がいた。ふだんは気が小さいくせに大酒を呑《の》むと人が変わってしまう疫病神のような亭主で、そうなれば殴るわ蹴るわ。おすみの奉公先まで銭をせびりにくるので、おすみはいつも辞めざるを得なくなる。

「おすみさんは、ご亭主から、逃げたかったのですね」

「お気の毒に。逃げられるかしら」

「東海道を行けば縁切寺があると聞きました。もしそこへ行くことができれば……」

「教えてさしあげたいけれど、どこにいるのかわかりません」

おすみは文を、弥之吉への感謝の言葉でしめくくっていた。弥之吉がいなければやりなおす気にはなれなかった……と。それ以上くわしいことは記されていないので、おすみが弥之吉をどう思っていたか、本当のところはわからない。

「どうしましょう？　どうしたらいいかしら」

もとは手元にもどってきた文を当惑顔で見つめている。弥之吉に見せるか見せないか、迷っているのだ。

結寿は山桜桃の幹に手のひらを当てた。樹木の鼓動が伝わってくるような……。

「もとさんにとどいた文です。もとさんが決めることですよ。わたくし？　そうね、わたくしなら、先のことはともあれ、今は大切にしまっておきます」

「そうですね」と、もとは安堵の笑みを浮かべた。「あたしもそうします」

弥之吉は今、辛い経験を糧にして、独力で立ちなおろうとしている。

わたくしも――。

結寿は梢を見上げた。咲き誇る花、たわわな実、生い茂る葉、そして落葉、枯れ枝かと見まごうもののいつしかまた芽吹いて……人の心もめまぐるしく変わってゆく。

かなたの空に、菅笠《すげがさ》をかぶり手甲脚絆《てっこうきゃはん》をつけた女のぴんと張りつめた背中が見えたような気がした。街道を遠ざかってゆく後ろ姿は、陽光を浴びてきらめいている。

水と油

一

初夏の陽射しが降りそそいでいる。

結寿《ゆず》は娘の香苗《かなえ》と庭へ出ていた。香苗の振り分け髪がさらさらとゆれるたびに、光の粒がきらめく。

「母さま。これはなに？」

香苗が白い小花を指さした。

「ヒヨコ草です。そっちの黄色い花はミヤコ草。向こうの？　あれはええと……」

娘に寄りそっていた結寿が膝を折り、桃色の花群れのほうへ身を乗りだしたときだ。縁側に腰を掛けて幸左衛門《こうざえもん》と弓削田宗仙《ゆげたそうせん》の碁の勝負のなりゆきを眺めていた大家の傳蔵《でんぞう》が、すかさず首を伸ばした。

「そいつはモジズリ草ってんでサ。ほれ、花がよじれておりやすでしょ、文字を書き下したように見えるってんですがね……そういや、歌があったっけな、忍捩摺《しのぶもじずり》なんちゃらかんちゃらってな……」

「うるさいッ。大事なとこだ、耳元で大声を出すなッ」

幸左衛門が怒鳴りつけた。結寿の祖父の幸左衛門は短気・頑固・偏屈と三拍子そろっているので扱いにくい。とはいえ、さすがに高齢のせいか、近ごろはだいぶ丸くなってきた。それでも怒鳴ったところをみると、よほど負けがこんできたらしい。

傳蔵はぺろりと舌を出して首をすくめた。

絵師で俳諧師の宗仙は、いつもながらの悠然とした地蔵顔。

狸穴《まみあな》町の口入屋《くちいれや》、ゆすら庵《あん》の裏手の借家では、この日も皆が集って長閑《のどか》な午後をすごしていた。たった一人、小者《こもの》の百介《ももすけ》を除いては……。

結寿はさっきから百介をちらちらと観察している。他の者たちは気づいていないようだが、縁側の端っこで膝をそろえ、庭の母娘と碁の対戦を等分に眺めるふりをしながら、その実、百介の視線はそのどちらにもなかった。虚空をさまよい、口許《くちもと》からはときおり重苦しい吐息がもれる。小柄な体をはずませて、いついかなるときも元気溌剌《はつらつ》、おどけ者の百介はどこへ行ってしまったのか。

「香苗。手を洗いましょう。お茶にしますよ」

結寿は娘に声をかけてから、百介に目を向けた。

「百介も、手伝ってもらえませんか」

「そんならあっしが……」

百介より先に傳蔵が腰を浮かせた。

「いいえ。傳蔵さんはここで見ていてください。見物人がいないと喧嘩になりますから」

傳蔵が上げかけた腰を下ろすのを見て、幸左衛門は鼻を鳴らした。

「なんじゃ、喧嘩とは……小僧っ子ではあるまいし」

「ほっほっほ、喧嘩するまでもありませんな。勝負はもはや、ついたも同然」

「なんだとッ。宗仙。勝ってもおらぬうちから大口をたたくな」

「まあまあまあ、お二人とも……喧嘩はあとまわし、お次の一手を」

仲介役に傳蔵を残して、結寿は娘と井戸端へ行く。庭いじりをしていた手を清めて台所へまわりこむと、百介がもう火を熾《おこ》していた。

「なにか、気にかかることでもあるのですか」

結寿は単刀直入に訊《き》いてみた。百介が丸めた背中をぴくりと動かしたのは、やはりくったくがあるのだろう。

「お嬢さまに気づかれるとは、木から落ちた猿ってなとこで」

夫を亡くして忘れ形見の娘と共に狸穴へ帰ってきた結寿を「お嬢さま」と呼ぶのは、百介くらいのものである。

「気づくに決まっていますよ。長年、ひとつ家に暮らしているのですもの」

百介は火吹き竹を置き、竈《かまど》に薬缶《やかん》をかけた。言おうか言うまいか迷っているのか。

「話したくなければ無理に話すことはありません。ただ、百介らしゅう元気でいてもらわないと。困ったことがあるなら、いつでも力になりますよ」

百介はひとつ、息を吐いた。

「実は、ちょいと、気になる話を耳にしまして」

「気になる話？」

「へい。叔母が、不治の病とか」

結寿は首をかしげた。

「百介さんは捨て子だと聞いています。身内はいないと……」

百介は吉原で幇間《ほうかん》をしていた。口から先に生まれたようなお調子者が、ひょんなことから幸左衛門と知り合った。こちらは剛勇ぶりでその名をとどろかせていた火付盗賊改《ひつけとうぞくあらためかた》方与力《よりき》だから、まさに水と油としか思えない。ところがなぜか二人は意気投合、百介は幇間をやめて幸左衛門の小者になってしまった。

それからもう十五年近くになる。その間、百介から身内の話を聞いたことはほとんどなかった。結寿ばかりか幸左衛門も百介の生い立ちについては詳しく知らないようで、身内はいないものと皆、思いこんでいた。

「叔母さまがいらしたのですか」

「へい。ガキのころ、少しのあいだ、養ってもらいやした」

百介がはじめて自分の口で語ったところによると、幼いころ両親を喪《うしな》った百介は、いったん亡母の妹夫婦に引きとられた。が、養父の徳三《とくぞう》は彫師《ほりし》で、頑固な上に仕事の鬼、子供といえども容赦はしない。じっとしていることができない百介は叱られてばかりで喧嘩が絶えず、悪さをして愛想をつかされ、とうとう徳三から「二度と家の敷居をまたぐな」と勘当されてしまった。そんな甥っ子を心配して、叔母のおきわは吉原の知り合いに百介を託してくれたという。

「幇間になってなけりゃ、あっしなんぞ、とんでもねえ悪さをしでかして、小者どころかご隠居さまの手でお縄になっていたかもしれやせん」

一時期とはいえ養父母だった叔母夫婦だが、二十年以上、会っていない。吉原の廓《くるわ》の女将にも、仕込んでもらったのにあっさり幇間をやめて、不義理をしてしまった。次なる雇い主が火盗《かとう》改方与力では面と向かって文句も言えなかったのだろうが、さぞや不愉快な思いをしたはずである。

「養父母のことは、あっちから縁を切られたんだからこっちだって忘れてやる。そう肚《はら》を決めてたんですがね……」

病と聞けば、やはり気になるのが人情である。

「叔母さまの病の話はどなたから聞いたのですか。あ、そういえば先日、吉原から使いが来て、百介さんは飛んでゆきましたね。もしやあのときに……」

「あれは、山吹《やまぶき》ってェ花魁《おいらん》に相談があるからと呼びだされて……相談事てェのはあっしの話とはかかわりがございやせん。といっても、たしかに、叔母の噂を耳にしたのはそのときで……」

山吹は廓で一、二を競う売れっ妓《こ》だが、悩み事をかかえていた。廓を離れて十五年近く経《た》つ百介とはむろん面識はなかったが、火盗改方与力の小者になった幇間の噂を女将や遣手婆《やりてばば》、男衆《おとこし》などから聞いていたらしい。相談事があるからだれにも言わずに来てほしいと頼まれて、百介は出かけていった。勝手知ったる昔の住まい、こっそり山吹と会い、悩みを聞いてやっているときに叔母の病の話が出た。山吹も小耳にはさんだだけなので、詳しいことは知らないという。

「そういうことでしたか。それなら迷うことはないでしょう」

家を知っているのだ。見舞いに行けばよいと結寿は思ったのだが――。

「金輪際、敷居をまたがねえと約束しましたんで……」

「こんなときなのです。女将さんにとりなしてもらってはどうですか」

「女将だってあっしの顔なんぞ見たくねえはずでサ。それに、山吹の話からしてあやふやで……なにせ、長い月日が経っちまったんで、叔母の家がどうなってるかもわかりやせんし……」

「調べてみる必要がありますね」

結局、結寿が女将に会って、おきわの病状や叔母一家の現状を訊《たず》ねてみることになった。吉原という場所柄、幸左衛門や傳蔵、宗仙には頼めない。木乃伊《ミイラ》取りが木乃伊になる心配があるからだ。

「お嬢さまに吉原までご足労いただくなど、とんでもねえことです」

一度は頼んでおきながら、百介は案じ顔である。

結寿は忍び笑いをもらした。

「わたくしはもうお嬢さまではありません。立派な出戻りですからご心配なく。それより百介、ほら、お湯が煮立っていますよ」

二

翌日、結寿は吉原へ出かけた。

供は大家の傳蔵・てい夫婦の次男の小源太《こげんた》である。小源太は町奉行所の同心、妻木道三郎《つまきみちさぶろう》の手下《てか》気取りで、探索の手伝いに駆けまわっている。が、幸いこの日は珍しく家にいた。小源太の兄の弥之吉《やのきち》も頼めば快く供をしてくれたはずだが、晩熟《おくて》でひっこみ思案の――しかも初恋を失ったばかりの――弥之吉を吉原へ連れていってよいものか。その点、年齢は若いが世慣れた小源太のほうが安心である。

「よかったわ、小源太どのがいてくれて」

金杉橋から乗船して大川を上りながら、結寿は、十七になってひときわ頼もしさを増した若者の横顔を眺めた。目鼻のきりりとした浅黒い顔は、そんじょそこいらの若侍よりよほど頼りになりそうだ。

小源太も眸《ひとみ》を躍らせた。

「兄貴に吉原は目の毒だからな。よく言うだろ、ああいう堅物にかぎって、ひとたびのめりこんだら始末におえねえって」

「若造のくせに、わかったようなことを言いますね」

「若造じゃねえや。おいらはもういっぱしのお手先だって彦《ひこ》坊ちゃまも……」

「そういえば最近お顔を見ていませんが、彦太郎《ひこたろう》どのはどうしておられますか」

彦太郎は道三郎の一人息子である。

「元服をすませて、この春から見習いになった。親父さんに負けねえ捕り方になるんだとはりきっておられまさあ」

「早いものですね。お祖父《じい》さまの捕り方指南に通っていらしたころは、まだ頑是ない子供だったのに」

あのころはしょっちゅう顔を合わせていた。結寿と道三郎が互いに憎からず思っていることに子供ながらも気づいていたようで、結寿が母親になってくれるよう願っていたらしい。そうなれたら……と、結寿も夢をみていた。

いけないいけない――。

結寿は首を横にふる。小山田《おやまだ》家に嫁いだからこそ、万之助《まんのすけ》の妻として得がたい日々をすごすことができたのだ。香苗という愛娘《まなむすめ》も授かった。別の人生を願っていた……などと今になって悔やむのは、万之助や香苗に対する裏切りであるばかりか、自分の小山田家での歳月を否定することにもなりかねない。

「どうしたのさ、急に黙りこくって。そうか、妻木の旦那のことを考えてるのか」

「馬鹿言わないで。百介のことに決まってます。叔母さまが重病なら、なんとか見舞う方法を見つけてやらないと……」

船は大川橋を越えて、今戸橋の船着場に到着した。そこまでは乗り合い。そこで小舟に乗り換えて山谷堀《さんやぼり》を漕《こ》ぎ進むこともできるが、心地よい初夏の一日である。二人は日本堤《にほんづつみ》を歩くことにした。堤は吉原の遊里へくりだす人々でにぎわっている。草鞋《わらじ》や菅笠《すげがさ》、提灯《ちょうちん》の他、粋な羽織まで貸し出す店があるところをみると、お江戸の華、吉原遊郭をひと目見ようと押しかける者の多くは田舎から出てきた旅人らしい。

襦袢《じゅばん》が汗ばんできたころ、左手に遊郭の大門《おおもん》が見えてきた。大門をくぐると、かたわらに会所と吉原掛の面番所が並んでいる。百介が若い日々をすごした亀山楼の場所を会所で確認しようと歩み寄ったときだった。

「おう、小源太、早かったのう」

面番所から武士《さむらい》が飛びだしてきた。小源太がなんのことかわからずにきょとんとしているのを見て、「ひとまず中へ」と面番所へ引きこもうとする。

「お待ちください。どういうことですか」

「おぬし、知らせを聞いて駆けつけたのではないのか」

「いえ、今日はこちらのお供で」

「いいから来い。妻木さまがお待ちだ」

「妻木さまッ」

二人は顔を見合わせた。

「ここにいてくれ。訊いてくる」

結寿をその場に残して面番所へ入っていった小源太は、すぐに出てきて結寿を手招いた。

「大変だ。亀山楼で死人が出たんだと。それも尋常な死に方ではないようで……大騒ぎになってるらしい」

「なんですってッ」

結寿も面番所へ駆けこむ。

妻木道三郎は数人の武士や廓の主人とおぼしき人々にかこまれて、険しい顔で話しこんでいた。時が時だけに、結寿へ向けた顔にもいつものような親しげな色はない。

「亀山楼へは行かぬほうがよい」

挨拶もなく、唐突に言われた。

「なにがあったのですか」

「花魁が殺《あや》められた。下手人がわからぬゆえ、皆、怯《おび》えている」

急用でないなら今日のところは帰ったほうがよいと言われて、結寿はうなずいた。取り込み中では、女将も百介の叔母一家の話をする余裕はなさそうだ。

「出なおして参ります」

きびすを返そうとして、はっと耳をそばだてる。今、だれかが「山吹」と言わなかったか。

「妻木さま。もしや、その、殺められたというお人は、山吹さんではないでしょうね」

ざわついていた場がさっと静まった。視線がいっせいに結寿にそそがれる。

「山吹を知っておるのか」

「会《お》うたことはありませんが、その女人《にょにん》の話なら聞いたばかりです」

「いかにも、亡《の》うなったのは山吹だ」

結寿は絶句した。

亀山楼と聞いたときから胸騒ぎがしていた。花魁と聞けばなおのこと。よもや不吉な予感が的中しようとは……。足がふるえている。

「山吹さんは、なにか困っていらしたそうです」

山吹が百介に相談事をもちかけた話をすると、道三郎は暗中に灯を見つけたような顔になった。

「小源太。来たばかりでわるいが、おぬしと百介は肝胆相照らす仲、話を聞いてきてもらえぬか」

「へいッ」

「いや。いろいろと訊きたいことがある。ここへ連れてきてくれ」

「へい。となると……」

「結寿どのにはしばらく奥で休んでいていただこう」

到着してすぐ引き返すのは大変だろうと、道三郎は結寿を気づかった。小源太が一刻を争って百介を迎えにゆくというなら、どのみち一緒に帰るわけにはいかない。

「小源太どの。わたくしのことは気にせず、早《はよ》う行ってらっしゃい」

結寿は小源太を送りだした。

奥の間で休憩するよう勧められて、甲掛草鞋《こうがけ》の紐《ひも》を解く。

道三郎も奥の間までついてきた。

「とんだときに当たってしまったのう」

自分のせいでもないのに、道三郎は律儀に頭を下げた。

「それにしても、結寿どのが吉原に現れるとは驚いた」

「わたくしも、まさか、吉原を訪れることになるとは思いもしませんでした。しかも道三郎さまとお会いしようとは……」

「今朝……といっても午《ひる》少し前だが……知らせがあった。すぐさま駆けつけたのだ。心中や物盗りならわかるが、山吹は浴衣姿で金目の物は身に着けていなかったし、明らかに心中ともちがう」

山吹は日本橋の大店《おおだな》の主人に見初められて、落籍《ひか》される話が進んでいたという。昨夜もこの主人と一緒だった。帰りを見送ったあとは、賄い場で湯漬けを食べて寝たという。本来ならまだ寝床にいる時刻だった。

遊女は信心深い。遊郭には九郎助稲荷《くろすけいなり》など稲荷がいくつかあって、遊女たちの信心を集めていた。名のある楼では庭の片隅にも商売繁盛を願って御狐様が祀《まつ》られている。山吹はこの楼内の小さな祠《ほこら》のかたわらに倒れていたという。見つけたのは、朝夕、御狐様に御灯明をあげている遣手婆で、首の後ろを尖《とが》ったもので突かれて血を流している山吹を見つけ、文字通り腰を抜かした。

「山吹さんのこと、百介から詳しく聞いておけばよかったのですが……叔母さまの話にばかり気がいってしまって……。お役に立てなくてすみません」

「いや。結寿どのが百介の話をしてくれなんだら、いまだ手がかりがないままだった」

「でも百介は、山吹さんの相談を大事とは思わなかったようですよ」

呼びだされたので話を聞いてやったのはたしかだが、そのあと、だれかに頼み事をしたとか、どこかへ飛んでいったとか、少なくとも結寿の目には百介がいつもとちがった動きをしているようには見えなかった。再度、吉原へ出かけたとも聞かない。

「しかし、わざわざ火盗改方与力の小者だった百介を呼びつけたのだ。山吹にしてみれば、よほどのことだったにちがいない」

「さようですね。百介が手がかりを知っているとよいのですが……」

二人は顔を見合わせる。

道三郎はそこで、はじめて表情をやわらげた。

「先日、結寿どのに会うたのは、押し込み騒ぎの最中《さなか》だった。こたびは下手人捜し。結寿どのに会えるのは物騒な出来事があったときばかりだ」

「いたしかたありません。道三郎さまはお奉行所のお役人ですもの」

「それもそうだ。思えば、昔からそうだったの。こうしているとあのころを思い出す」

「ええ。次々に恐ろしいことが起こりましたね」

「半分は結寿どののせいでもあったのだぞ」

「はい。わかっております。わたくしの実家は火盗改方与力、お祖父さまも当時はまだ隠居したことなど忘れて飛びまわっておりましたもの」

「いや、おれが言ったのはそういうことではない。結寿どのが、恐れ知らずで、好奇心のかたまりで、それに、困っている者を放ってはおけぬお人だからだ」

「ひょっとして、なんにでも首を突っこみたがる、厄介なはねっかえりだと、そう言いたいのではありませんか」

「それもある。あ、いや、厄介ではないぞ。厄介どころかこれほど……できることならあのころに……。おっと、油を売ってはいられぬの」

面番所にだれか来たようだ。表座敷から聞こえていた人声がひときわ大きくなった。それをしおに、道三郎は腰を上げた。もしかしたら、これ以上、二人きりでいたら言わずもがなのことを言ってしまいそうで不安になり、それで、退散することにしたのかもしれない。

「お手伝いできることがあれば、お声をかけてください」

結寿は道三郎を見送る。

独りになるや、足をくずした。ふくらはぎを揉《も》みながら、嫁ぐ前にかかわった危難の数々を思い浮かべる。その中のいくつかは自分も解決のために貢献した。偉そうに言えるほどのことではないし、そもそも自分が蒔《ま》いた種であったこともあったが、道三郎と二人、力を合わせて揉め事や騒動を鎮めるのは胸の躍るひとときだった。

わたくしったら、こんなときに――。

物騒な出来事がないと会えぬと道三郎は言ったが、非業の死を遂げた山吹の無念を思えば、道三郎と自分が会えるの会えないのと語り合うこと自体、不謹慎の極みだろう。

「一刻も早く、下手人がお縄になりますように」

結寿は神妙な顔になる。

三

小源太が百介を連れて吉原遊郭の面番所へもどってきたのは、午後の陽が西へ傾く時分だった。百介を待っているあいだも面番所はざわついていた。道三郎はじめ武士たちは現場を調べたり聞き込みをしたりで大忙し、ひっきりなしに人が出入りしている。結寿もじっとしてはいられず、賄い場と面番所を行き来して白湯を配ったり、大門まで出て百介を待ちわびたり……。

そんなわけで、息を切らして駆けこんできた百介は、襷掛《たすきが》けをした結寿を見てびっくり仰天した。

「なんと、お嬢さまをこき使うとは……」

「こき使われているわけではありません。少しでもお役に立ちたいと、わたくしからお願いしたのです。そんなことより、皆さまがお待ちかねですよ」

百介は面番所の座敷に座らされて、道三郎や吉原掛の役人たちからの質問に答えることになった。

「へい。山吹さんは、悩みを抱えておりやした」

大店へ落籍される話が決まってから、不審な文《ふみ》がとどくようになったという。文といっても飛脚が運んでくるものではなく、敷居際に置かれていたり庭先へ投げこまれたり、道端で見知らぬ子供から手渡されたこともあった。しかも宛名は山吹だが、差出人の名は記されていない。中身も白紙だったり、鬼やお化けの絵が描かれていたり。

山吹が疑ったのは——というよりほかに思い当たるフシがなかったからだが——たった一人の身内、自分を廓へ売り飛ばした父親だった。大酒呑《の》みのやくざ者で、はじめのうちは銭をせびりに来ていたが、悪事を働き、お縄になって石川島の人足寄場《にんそくよせば》へ送られた。

もしや、お父《と》っつぁんが市中へ帰っているということも——。

山吹はぞっとした。大店の主人に親が罪人だと知られれば、落籍の話が取り消しになってしまうかもしれない。いずれにしても、だれかに知られて父親の噂が広がるだけでも耐え難かった。ましてや、また銭をせびられたりしたら……。

山吹は悩んだあげく、理由は伏せたまま男衆の一人に頼んで百介を呼んできてもらった。お人よしの幇間が今では元火盗改方与力の小者だと、前々から小耳にはさんでいたためである。

「山吹の頼みとは、父親がどうしているか調べてほしいということか」

「へい。さようなことはお安い御用でございます。訊き合わせたところ、今も寄場にいることがわかりました。改心したかどうかはともかく、手先が器用だそうで、真面目に竹細工なんぞを作って、けっこう重宝がられているようで……」

百介は山吹にそのことを、文をとどけて知らせてやった。すんなりとカタがついたので、山吹とは最初に会っただけ、以後は顔を見ていないという。

「不審な文については、それからどうなったか、知らぬのだな」

「へい。相すみません。頼まれたのは親父さんの居所を調べることだけでしたし、それ以上はあっしが首を突っこむことではないと……」

もう一度会って話を聞いてやればよかったと、百介は頭《こうべ》を垂れた。

「つい、叔母のことで頭がいっぱいになっちまって……」

百介の叔母の話が出たのは、山吹が自分の生い立ちを話したときだった。

――百介さんも、親に捨てられた身でありいすか。

――いや、あっしの場合は養父母で。

――そういえば、今戸町の彫師のお内儀《かみ》さんは重い病と聞きいんす。

そんなようなやりとりが交わされたという。

百介の話を聞いた者たちは一様にため息をもらした。父親でないなら、だれが不審な文を寄こしたのか。その文と山吹の殺害とはなにかかかわりがあるのだろうか。これでは振り出しにもどったも同然。

「お手間をとらせましたのに、なんのお役にも立てず……」

百介はしゅんとしている。

「いや、わざわざ来てもらって、こちらこそすまなんだ」

道三郎は百介を労《ねぎら》った。小源太はどこへ行ったか、姿が見えないので伝言を残して、結寿は百介と狸穴へ帰ることにした。

面番所を出たところで足を止める。

「ねえ百介、せっかく来たのだから、亀山楼へ行ってみましょうよ。昔なじみの百介が、噂を聞いたので叔母さまのことを訊きにきたと言えば、だれも不審には思わないはずです。なにか、わかるかもしれないわ」

厳《いか》めしい役人たちには話せなかったことも、百介になら気を許して話してくれるかもしれない。今ならもう、女将も多少は落ち着きを取りもどしているはずである。

百介も同意した。とはいえ、亀山楼へ結寿を伴うことは……。百介は百介で、このままでは帰りたくない、なにか役に立ちたいと考えていたようだ。

「お嬢さまをお連れするわけには参りやせん。どこかでしばらくお待ちを」

「あら、どうして？　わたくしは独りで訪ねるつもりだったのですよ」

「しかし、あれから恐ろしいことが起こりました」

「男子に生まれたら、わたくしも火盗改方になっていました。これくらいで恐ろしいなどと……。見損なってもらっては困ります」

結寿は譲らなかった。百介も最後には根負けした。

二人は仲の町を通って京町のはずれにある亀山楼へ向かう。

仲の町はにぎわっていたが、亀山楼は開店休業のようでひっそりしていた。

「こういうときは裏手から」

百介にとっては、若き日々、幇間の見習いをしながら寝起きしていた場所である。つい先日も訪れたばかりだから案内がなくても困らない。

裏玄関へまわりこむと、入口の土間につづく小座敷で、女が二人、ひそひそ話をしていた。正確に言えば、座敷にいるのはこざっぱりとしたいでたちの四十代と思われる女で、おそらく遣手婆だろう。もう一人のみすぼらしい恰好《かっこう》をした白髪の女は、こちらに丸くなった背中を向けて、框《かまち》に腰を掛けている。老女のかたわらに畳まれた着物が積まれているところを見ると、仕立て直しが生業《なりわい》で、仕上がった着物をとどけたついでに話しこんでいるのか。

百介は「おう」と声をあげた。

「菊丸《きくまる》……じゃなかった、今はお梶《かじ》さんか」

若いほうの女に話しかける。

お梶と呼ばれた女はぎょっと目を剝《む》いた。幽霊でも見たような驚愕ぶりである。

「お、おまえさん……な、な、なんで、また、ここへ？」

「女将さんに話があるんだが、取り次いでもらえねえか」

「お、女将さんは……女将さんは今ちょっと……いろいろあって……」

「そういや、今日は店に客がいないようだったっけな」

百介がとぼけて言うと、お梶はひきつったような声をもらした。

「知らないのかい。大変なことが……」

「花魁が殺《や》られたんだよ、うしろから首をグサッ」

老女がふりむいて口をはさんだ。まさか、こんなときにはしゃいでいるわけでもないだろうが、結寿の耳に、老女のきんきん声は山吹の悲劇を愉《たの》しんでいるようにも聞こえた。

それよりもっと驚いたのは、老女が百介をまじまじと見て「あんれまあ」と素《す》っ頓狂《とんきょう》な声を発したことだ。

「百介ッ。百介じゃないかえ。こりゃ驚いた。生きてたのかい」

「なんだ、おきんさんかッ。おきんさんこそ、達者でよかった」

百介は老女に駆け寄って、痛ましいほど薄っぺらい肩に両手を置いた。

「よくなんかないやね。死にぞこないサ。どこもかしこもガタがきて、それでも死ねねえから、ほれ、こうして貰い仕事で食いつないでる。花魁も、ここまで落ちぶれちゃおしめえだ」

「なぁに、それだけぽんぽん話せりゃ上出来サ」

「ふん。今もお梶に言ってたんだよ。おまえさんもやがてはわっちのように生き恥さらすことになる。とっととくたばっちまった山吹のほうが、よほど果報者かもしれないよってね」

おきんが前歯のない口を開けて笑ったときだ。

「うるさいねえ、こんなときに」

尖った声がして、上物の小袖を着た五十がらみの女が奥から出てきた。

「あ、女将さん」

お梶は可哀想なほど狼狽《ろうばい》しつつ居住まいを正し、おきんは着物を風呂敷にくるんで逃げ仕度をはじめる。女たちとは裏腹に、百介だけは直立不動のまま、じっと女将を見つめている。

女将も吊り気味の目を細め、「おやまあ」と言ったきり、百介から視線を離さない。ようやく結寿に気づくとけげんな顔を向けてきた。

「こちらの奥さまは……」

「あっしの主《あるじ》の、お孫さまでございます」

「そうかい。お客人なら追い返すわけにもいかないねえ。お上がりなさい」

おきんには目もくれなかった。

「聞いたろうけど、ごたごたしてるから、ゆっくり昔話とはいかないよ」

百介のあとにつづいて框を上がりながら、結寿はまだ血の気の失《う》せたお梶の顔が気になっていた。もしやお梶は、百介が生前の山吹と会っていたことを知っているのではないか。百介が山吹の死とかかわりがあると疑って、それで怯えているのかもしれない。

二人は茶の間へ通された。おもてのほうから女のすすり泣く声が聞こえている。

女将は眉をひそめた。

「桔梗《ききょう》ときたら、ずっとああなんだよ。泣いたって生き返るわけじゃないのに」

桔梗も花魁で、山吹と花を競っていたという。

「よほど仲がよかったのですね」

結寿は、廓という狭い世界で、不幸を慰め合い励まし合って生きる女たちを想った。が、女将は一笑に付した。

「仲がよかったとは聞かないね。そりゃ張り合ってるんだから、いがみ合ってたって当たり前だけど、そういうこともないようだったし。それがなんだろ、あんなに泣くとは思わなかったよ」

ところでなんの用だい、とうながされて、百介はひとつ空咳《からぜき》をした。

「風の噂で聞いたんですがね、叔母さんが、病だと……」

「やっぱりね、こういうことはどこからか、もれちまうもんだねえ」

女将の話では、おきわは数年前から胸を病んでいたが、今年になってからはほとんど寝たきりで、もう治る見込みはないという。

「だれか、養子とか弟子とか……」

「羽振りがよいときは弟子が何人かいたころもあったんだよ。けど、なにせ亭主があの偏屈だろ、結局はみんな長つづきしなくてやめちまうのサ。今じゃもう高齢だし、貰い仕事でなんとか凌《しの》いじゃいるようだけど……」

一度だけ近くへ行く用事があったので覗《のぞ》いてみたところが、満足に薬も買えず、爪に火を点《とも》すような暮らしぶりだったという。それでも老夫婦が生き延びているのは、羽振りがよかったころの蓄えが多少はあるかららしい。

「あっしに、なにか、できることは？」

「あたしがおまえさんなら百介、わざわざ会いにいったりはしないね。とうに縁は切れてるんだから、それを幸運と思わなけりゃ」

「どうしてですか」

結寿は思わず身を乗りだしている。

女将は結寿に、値踏みするような目を向けた。

「苦労知らずの武家のご新造《しんぞ》さまにはわかろうはずもないけどね、ここにいる妓はほとんどが親の業《ごう》を背負ってるんだよ。山吹だってさんざんな目にあってきた。父親が寄場送りになったと聞いたときは、あたしらもどんなに胸を撫《な》で下ろしたか。その点、百介の養父の徳三は頑固者だけあって、他人様《ひとさま》からはビタ一文、借金はしない。するくらいなら飢え死にするだろうね。それだけは見上げたもんだ」

そういう男だから、勘当した倅《せがれ》に頼ろうなどとは死んでも思わないはずだ。そのかわり、かつて宣言したとおり、たとえ死にかけた叔母の見舞いであっても敷居をまたぐことは断固、拒否するにちがいない。

つまりは、そういうことだった。

「へい。よくわかりやした」

百介は神妙に両手をつく。が、話はそれだけではなかった。

「ところで、花魁が何者かに殺められたって聞いたんだが……」

「ほんとにね、こっちが泣きたいよ。身請け話がまとまりかけてたんだから。これでなにもかもがおじゃんになっちまった」

女将は親指でこめかみを揉みながら、この世の終わりかと思うようなため息をつく。

「その山吹ですがね……」と、百介は結寿に目くばせをした。「女将さんはなにかおかしなことに気がつきゃしやせんでしたか」

「お役人衆にもしつこいほど訊かれましたよ。別になにも……」

「花魁ともなると気苦労も半端じゃない。あっしがいたころは、眠れないとき、よくここへ下りてきて……」

「ああ、そうだったねえ。山吹もここんとこぼんやりしてましたよ、眠れないみたいで。あたしは叱りつけたんだよ。寝不足の顔じゃ客がつかない。落籍の話が本決まりになるまではまだ売り物なんだから、気をつけておくれ、ってね」

「花魁は裏庭の祠の前で倒れていたそうで……。毎朝、そんなに早く、お梶さんより前に御狐様にお詣りしてたんですかい」

「いいや、いつもはもっとあと、見世《みせ》へ出る前に手を合わせてましたよ。あの朝は、いったん寝床へ入ったものの眠れなくて、またここへ下りてきて、それで思いついてお詣りをしたんだよ、きっと。それで運わるく泥棒と鉢合わせをしちまったんじゃないかね」

「泥棒ッ？　なにか盗まれたのですか」

「それがねえ、お役人衆にしつこく言われるまで気づきもしなかったんだけど……」

盗まれたものがないか探すように言われて今しがた家探しをしたところ、普段は使っていないが値の張る簪《かんざし》や根付、香炉など、あるはずのものがいくつかなくなっていたという。

「もっとも、気づかなかったくらいだからね、いつ盗まれたんだか……」

「では、山吹さんが泥棒を知っていた、ということもありますね。それで口封じをされたということも」

「となると、泥棒は外から入ったんじゃないってことにならねえか」

「二人とも、やめとくれよ。人死にが出ただけでも人聞きがわるいっていうのに、家の中に泥棒がいる、なんてことになったら、見世は閑古鳥が鳴いちまう。いいかい。万にひとつ、山吹が泥棒と鉢合わせをして災難に遭ったんなら、泥棒はとっくに逃げちまったってことだ。ほらね、下手人ならおもてを捜しとくれ」

これ以上、女将と話をしていても埒《らち》が明きそうになかった。

結寿と百介は帰りぎわ、女将に頼んで、表座敷へ安置されている山吹の亡骸《なきがら》に線香をあげさせてもらうことにした。

「つい先日、話をしたばかりだったんで……」

百介はまたもや口惜しさがこみあげてきたのか、無念そうに歯ぎしりをしている。

表座敷には桔梗がいた。

弔問客が入ってきたので座敷の隅に身を退《ひ》いたものの、出てゆく気はないようで、まだ泣きつづけている。格別親しくもなかったというわりには親友を亡くしたかのような悲嘆ぶりに、結寿の目は思わず桔梗に吸い寄せられた。

桔梗は泣きはらして目も鼻も真っ赤だ。が、よくよく見れば、その顔に浮かんでいるのは悲しみというより自責の念、いや、どうしても信じがたいといった納得のいかない表情にも見える。半ば開いたままのくちびるは、なんで……と亡骸に問いかけているように、結寿には感じられた。

話を聞きたかった。が、今は話せる状態ではなさそうだ。どのみち初対面では慰めようもない。結寿は焼香をすませ、会釈だけして席を立とうとした。

と、そのとき——。

どやどやと人が入ってきた。面番所にいた吉原掛の武士たちである。道三郎はいなかったが、顔は互いに知っている。武士たちは結寿と百介がその場にいることに驚いたものの、挨拶もそこそこに桔梗のまわりを取りかこんだ。

桔梗はなにがなんだかわからないのか、うつろな目で一同の顔を見上げている。

「桔梗花魁だな。番屋へ来てもらう」

「わっちに……なんで、ありいんすか」

「話は行ってからだ」

桔梗は抗《あらが》う気力も失せているようだった。荒々しく腕をつかまれて立たされるがままだ。

「どういうことですか」

結寿は武士の一人を引き止めて説明を求めた。

「なにかめっかったんでございますか」

百介も詰め寄る。

「百介。おぬしの話を聞いたあと、まずは山吹に嫌がらせをしていた者を捜そうということになったのだ。今はそれしか手がかりがないゆえ」

「それが、花魁だと?」

「持ち物の中に鬼の絵が描かれた紙があった」

「紙……」

「それだけではないぞ。血のついた火箸も見つかった。これで一件落着」

詳しい話を聞く間もなく、桔梗は連れ去られてしまった。

四

ここでは夕陽も哀しい。

九郎助稲荷の境内の片隅に置かれた床几《しょうぎ》に腰を掛けて眺めていると、禿《かむろ》姿の童女や恰幅《かっぷく》のよい女将風の女、白昼の下では正視するのに忍びない老婆まで、様々な年恰好の女たちがあわただしくやってきては祠に手を合わせてゆく。もちろん一番多いのは若い娘たちで、着飾っていようがいまいが、一様に冥《くら》い目をしている。

結寿は、自分に気づいた際の娘たちのひんやりとした一瞥《いちべつ》から、自分がここにいるのは場ちがいだと感じていた。

わたくしだって、負けず劣らず苦労をしてきましたよ――。

などと言ったところで、それがなんになろう。彼女たちが背負っているものは、苦労とか不運とか、そんな言葉を超えた正真正銘の地獄なのだから。

「もう帰りませんと、日が暮れちまいますよ」

百介は貧乏ゆすりをしていた。が、結寿は思案にくれている。

「百介。桔梗さんは、どうしてあんなに泣いていたんでしょう?」

「かっとなって山吹花魁を手にかけちまったんなら、あとになって自分がやったことを悔やんで、取り返しのつかぬことをしてしまった、可哀想にと……」

「でも、そもそもなぜ、桔梗さんは山吹さんを手にかけたんですか」

「そりゃあ、嫌がらせをしてたってことがばれちまったからじゃござんせんか。言い争いにでもなって逆上のあまり……」

「争った跡はなかったそうですよ。後ろからひと突きだったとか」

「ま、詳しいことはわかりませんが、あとのことはお役人さまがたにおまかせしたほうが……」

腰を浮かせかけた百介を後目《しりめ》に、結寿はきっと虚空を見すえた。

「そう、変だわ。たしかに桔梗さんは嫌がらせをしたかもしれない。いえ、したのです。幸せになるのが自分ではなくて山吹さんだと思えば、妬《ねた》みたくもなるはずです。だから破談になればいいと願っていたのでしょう。だとしても、さほど親しくもない競争相手への嫉妬くらいで——娘らしい、よくある妬み心だけで命まで奪おうとするかしら。だって、桔梗さんにとって、山吹さんが死んでも得になることはなにもないのですよ」

死のうが落籍されようが、山吹がいなくなれば新たな花魁がやってくる。それだけのことだ。自分が苦役から解放されるわけではない。

百介もうなずいた。

「そう言われれば……てことは、やっぱし泥棒か」

「でも百介、今朝方、あるいは昨晩、泥棒が入ったとはかぎりません」

「へい。だれかが、ちょこちょこくすねていた。それを山吹花魁に知られたとしたら口封じということも……。そうだとしたら、どうしてそれが今朝、御狐様へ詣《もう》でたときだったのか」

「それならわかります。百介が山吹さんに会ったからです」

「そうか。花魁がそのことであっしを呼んだと下手人は勘ちがいして……」

「しかも山吹さんは、今朝にかぎって、いつもとちがう時刻に御狐様に詣でてしまった……」

「御狐様……そうだ、御狐様だッ」

二人は顔を見合わせた。

「行ってみましょう」

「へいッ」

亀山楼へ駆けもどる。

二人は裏木戸から中へ入った。おもてはざわついているようだが、裏庭に人影はない。その足で御狐様の祠へ急ぐ。

そこには先客がいた。

祠の前の地べたにしゃがみこんでいるのは――。


「小源太どのッ」

結寿の声に呼応するように、小源太がむくりと起き上がった。得意げに突きだした片手に珊瑚《さんご》の簪をつかんでいる。

「ガキのころ、馬場丁稲荷の祠へ忍びこんで、よくお宝を隠したんだ。と言ったって、壊れた煙管《キセル》だの、使い古しの矢羽根や破れた頭巾《ずきん》だの、ガラクタばかりだったけど。小《ち》っこいものを隠しとくにはちょうどいいんだ」

　御狐様を祀る祠は小さいが、供え物を置く必要があるので木製の台の上に鎮座している。盗まれた品々はこの台の下の空洞の部分に隠されていた。

「よくわかりましたね。盗まれたものがあることは、女将さんもさっきまで知らなかったそうですよ」

　役人にせっつかれて家探しをして、はじめて気づいたと言っていた。

「おいらも知らなかった。おかしいと気づいたのは今しがたなんだ」

　小源太は百介を迎えにゆき、一緒にもどってくる道々、亀山楼で共に働いていた人々の話を聞いた。それで、今も楼で働いている者たちはもちろん、吉原遊郭の別の見世へ引き抜かれたり、反対に落ちぶれて住み替えを余儀なくされたりした者たちも含めて、とにかく全員から隈《くま》なく話を聞いてみようと考えた。亀山楼がどんな楼か、皆にどう思われているか、評判を知るだけでも手掛かりになるかもしれない。

　亀山楼をやめた者たちの居所については、百介から教えられた最年長の男衆から聞きだした。一人ずつ訪ねて話を聞くのに手間取ったが、そのおかげで思わぬ収穫を得た。

「貧しい老女の家に、やけに立派な香炉があった。ふしぎに思って訊ねると、病で寝こんでいたとき見舞いがわりにとどけられたものだそうで、売り飛ばして薬代にするようにと言われたが、惜しくなって売れなかった、と」

小源太はそれでぴんときたという。だれかが、亀山楼から、こっそり高価な品を盗みだしているのではないか……。

「とどけてきたのはだれですか」

「その老女ってのがもし、おきんなら……」

結寿と百介は同時におなじ名を口にした。

「そう。お梶だ」小源太もうなずく。「お梶も昔は花魁だった。なんとか年季をつとめあげて、そのあげくが遣手婆だ。しかもなれの果てがおきんだと思うと不安にかられたんだろう。いや、憤りだったのかもしれない。なんのために身を削って働いたのか、もう少し良い暮らしをしてもバチは当たるまい……と」

「おきんさんのようになるのは死んでも嫌だと思ったのですね。だから暇《いとま》を出されたときのために準備をしておきたかった。高く売れそうな品を目にするたびに、ひとつまたひとつとくすねて、御狐様の台の下へ隠しておいた……」

「ところが山吹花魁があっしと話しているのを見かけて、なんで火盗改方の小者だったあっしを呼んだのかと訝《いぶか》った。もしや、盗品に気づいて呼んだのではないかと。しかもそれだけならまだしも、花魁は眠れないと言って起きだし、あろうことか、この祠へ来ようとした。自分より先に。お梶は動転して、無我夢中で火箸をつかみ、あとを追いかけたってわけか。盗品が発見されればもう逃れられない。お縄になってしまいますから」

「そういえばお梶さんは、百介の顔を見たとき凍りついていていましたね」

「やっぱり当たってた、探りにきたと思ったんでサ。だから今度は桔梗に罪をなすりつけようと、血のついた火箸を桔梗の持ち物の中へ忍ばせた……」

つまり山吹は、まったくの勘ちがいから命を奪われたことになる。もちろんその遠因となったのは桔梗の嫌がらせだが、さらに言えば、父親から受けた仕打ちが山吹の胸に消えない傷を残していたからこそ、山吹はちょっとした嫌がらせに驚きあわて、百介を呼びつけるという短慮から不幸を招いてしまったのである。

「みんな、お気の毒です……」

結寿は胸を詰まらせた。が、それも一瞬。

「桔梗さんはお縄になってしまいました。早くこのことを知らせなければ」

「それよりお梶だ。どこかで見ていて、盗品が見つかったとわかれば……」

「もうここにはいないな」

三人は小座敷へ飛んでいった。案の定、お梶の姿はない。

「おいらは面番所へ知らせる」

「あっしはおきんのところへ行ってみまさあ」

「どこかに隠れているかもしれません。わたくしは女将さんに話して家探しを」

小源太、百介、結寿は各々の役目を果たすため、三方向へ急いだ。

五

梅雨明けの一日、結寿と百介は浅草今戸町にほど近い勝雲寺《しょううんじ》へ来ていた。

この寺の墓所の一隅に、おきわが眠る真新しい墓がある。

墓参には幸左衛門も同行して遅ればせながら百介の叔母に挨拶をするとはりきっていたのだが、昨日、久々に訪ねてきた彦太郎に捕り方の型をやって見せたとき腰を痛めてしまった。それみたことかと宗仙に笑われ、腹を立てて腕をふり上げたときにさらに悪化させたようで、踏んだり蹴ったり。

香苗は小山田家の祖父母のところへ出かけていた。墓参の帰りに結寿が迎えにゆく約束になっているので、早々と手土産に浅草名物、藤屋のいくよ餅を買って百介に持たせている。もちろん包みはふたつあって、ひとつは幸左衛門へ。せめてもの見舞いである。

「わたくしが持っています。百介から」

「いえ。ここはひとつ、お嬢さまから」

自然石の小体《こてい》な墓のかたわらに赤まんまの花が咲き乱れていた。鬱蒼《うっそう》とした木立を背景に、墓石のまわりだけが華やいでいる。

先にお詣りを終えた結寿が花を眺めていると、百介がぽつりとつぶやいた。

「叔母は雑草が好きでしたっけ」

せせこましい長屋住まいでも、カタバミだのドクダミだのオオバコだの路傍の草花を摘んできては湯呑に挿して、愛《いと》しげに眺めていたという。

「とりわけ赤まんまが好きで……。イヌタデともいうようになんの役にも立たない。そこがいいんだそうで……」

「優しい叔母さまだったのですね。お別れができて、ほんによかったこと」

「お嬢さまのおかげでございます」

「わたくしはなにも……」

「頑固爺《じじい》を説き伏せてくださいました。おもてへ連れだしてくださらなけりゃ、いつ、つまみだされたか」

「嘘ばっかり。そんなことにならないのは端《はな》からわかっていたくせに」

亀山楼での騒動のあと、女将がすっかり気落ちしてしまったので、結寿は自分で百介の養父に会って、百介に叔母の見舞いをさせてやってくれと頼みこんだ。徳三は聞きしに勝る頑固者で、はじめは首を縦にふらなかった。が、結寿が幸左衛門の話をすると、ようやく折れた。結寿は徳三を誘って大川の畔《ほとり》を歩き、百介がどんなに皆を笑わせ、明るい気分にさせてくれるか……とりわけ偏屈で扱いにくい幸左衛門に気に入られて、今では身分を超えた絆で結ばれていることを話した。

「そんなら、もうちっと、辛抱してりゃよかったか……」

徳三がふっともらしたのは、もしかしたら自分と百介も、幸左衛門と百介のように心が通じ合えたかもしれないと悔やんでいるのか。

「百介さんもきっと、おなじことを思っておりますよ。わたくしの祖父を徳三さんだと思おうとしているのだと思います」

ほんのちょっとしたことが——小さな嫉妬や疑念、誤解やすれちがい、不安や怯えといったものが——あっというまに人生を暗転させてしまう。徳三と百介の場合は「あと少しのがまん」が足りなかった。それはまた、亀山楼の女たちのように、時のめぐりあわせがわるかっただけ、と言えるかもしれない。

桔梗は解き放ちとなった。が、心を病んでしまい、いまだ寝たきりだと聞く。いつまで亀山楼にいられるか。一方、お梶は大川に浮いているところを発見された。苦界《くがい》から脱けだそうとあがいた女の行き着いた先は——彼岸。

お梶も山吹も浄閑寺《じょうかんじ》の無縁塚に埋葬されている。

「草花に囲まれて、叔母さまは安らかに眠っておられますね。なにより、これからは甥にお墓を守ってもらえるのですもの」

結寿は香の立ち昇る先をたどって青空を見上げた。

百介はわざとらしくため息をつく。

「あの頑固爺め、人に墓守を押しつけて、どこでくたばるつもりか」

「いつか帰ってきますよ、その時がきたら」

「へん。身勝手はどっちだ」

おきわが死んだと知らされてから、今後は徳三のもとへしばしば顔を出して、生活の面倒をみてやろうと百介は思っていたらしい。老いぼれていよいよ独りで暮らせなくなったら、そばにいてやるつもりにもなっていた。

ところが、有り金はたいて墓を建立した徳三は、手まわしよく墓石に自分の名まで刻むと、「あとは頼む」と百介宛ての書き置きを残して姿を消してしまった。勘当した倅に頼るのは沽券《こけん》にかかわると思ったか。親に代わって面倒をみてくれている幸左衛門に迷惑をかけるのが不本意だったのかもしれない。

百介は、腹を立てながらも、養父の気持ちがわかりすぎるほどわかるようで、捜しだそうとはしなかった。それでいて、今も立ち去りがたそうにしている。ここでばったり鉢合わせをするかもしれないと淡い期待を抱いているのだ。

「百介。そろそろ……」

「わかってますサ。香苗お嬢さまが首を長くしてお待ちです」

「月命日にまた墓参をしましょう。今度はお祖父さまもご一緒に」

「へい。ありがたいことで。それじゃあひとつ、景気づけに」

ホホイのホイ、ア、ヒョイヒョイヒョイ、ホレ蟇蛙《ひきがえる》、ピョン、時鳥《ほととぎす》、ホーホケキョ、狸《たぬき》の子、ホレ、ポンポコポン……。

百介は墓石の前でおどけた仕草をしてみせると、そのまま踊りながら歩きだした。結寿も笑いながら、菓子折を抱えてあとにつづく。

いつもの百介がもどってきた。そのためか、結寿の目に映る景色は、深緑の木立も紫陽花《あじさい》も瓦屋根も、道端の小石の上の蝸牛《かたつむり》までもが輝いている。

夏は、もう盛りだ。

いらない子

一

座っているだけで汗が噴きだしてくる季節だ。

結寿《ゆず》は炎天下の急な坂道を上って、小山田《おやまだ》家へ着いたばかりだった。それだけでも十分暑いのに、腸《はらわた》が煮えくり返っているとなればなおのこと。

「こちらにまでご迷惑をおかけいたしました。幾重にもお詫《わ》びいたします」

懐紙で額の汗をぬぐい、頭を下げる。

姑《しゅうとめ》の久枝《ひさえ》は当惑顔で小さく片手をふった。

「結寿どのが謝ることではありませんよ。そんなに謝られると、赤の他人のようで、かえって寂しゅうなります」

「でも、さぞや不愉快な思いをなさいましたでしょう」

「いいえ。さようなことはありませんよ。あちらさまも、身内と思えばこそ、わたくしどもに文句をおっしゃるのですから」

「だからといって……」

嘆息したとき、小山田家の次男で当主でもある新之助《しんのすけ》の新妻が冷やした麦湯を運んできた。

「お暑いですこと。さ、どうぞ、喉をうるおして」

久枝は嫁に目を向けた。

「須美代《すみよ》どの。香苗《かなえ》はどうしていますか」

「猫と遊んでおります。子猫たちが可愛いさかりなので……」

この日、結寿が麻布市兵衛町《あざぶいちべえ》の婚家を訪ねたのは、実家の溝口《みぞぐち》家の再三にわたる無礼な態度を詫びるためだった。先日、所用があって実家へ出かけた百介《ももすけ》が聞きこんできたところによると、溝口家では結寿が再婚話に耳を貸さないのは婚家に遠慮をしているからだと勝手に思いこみ、事あるたびに文句を言っているらしい。小山田家は聞き流しているようだが……。

結寿は小山田家へ嫁いで娘の香苗をさずかった。が、夫の万之助《まんのすけ》が病死してしまったため、今は祖父の幸左衛門《こうざえもん》の隠宅へ身を寄せている。かつては火付盗賊改《ひつけとうぞくあらためかた》方与力《よりき》として鳴らした幸左衛門だが、息子夫婦と反りが合わず、狸穴《まみあな》町の口入屋《くちいれや》、ゆすら庵《あん》の裏手の借家で暮らすようになって、すでに十年が経《た》っていた。

再婚を急がせたい実家では結寿に説教をしたいのだろうが、狸穴には結寿に輪をかけて扱いにくい幸左衛門がいる。追い返されるのがわかっているからか、小山田家のほうへ攻勢をかけることにしたのだ。小山田家にしてみれば、自分たちが結寿の幸せを阻《はば》んでいるようで肩身が狭いにちがいない。

　本当に、なんて強引なのでしょう——。

　結寿は小山田家に詫びたあと、香苗を預け、実家まで抗議におもむくつもりでいた。溝口家は、飯倉《いいぐら》の大通りを行った左手、竜土《りゅうど》町の御先手組《おさきてぐみ》の組屋敷内にある。

「ちょうどよき折りです。結寿どの。ご実家のことはともかくとして……」

　結寿が麦湯を飲むのを眺めていた久枝は、ついと身を乗りだした。

「そなたはこれからどうするつもりですか」

「どうする、とは……」

「万之助の菩提《ぼだい》を弔《とむろ》うてくださるお気持ちはありがたく思うております。なれど、そなたはまだお若いのです。いつまでもこのままでは……」

「香苗のことでしたら、独りで育てます。立派に育ててみせます」

「それはね、結寿どの、今はあちらのご隠居さまもお元気ですし、わたくしたちもこうしてなんとかやっているゆえ言えることではないかしら。老いた者は、どうしたって死んでゆく。頼る者がなくなれば結寿どのだって……」

　もちろん結寿も、そのことを考えないわけではなかった。幸左衛門は高齢だ。いつなにがあってもおかしくない。独りになったら、どうすればよいのか。

　心細そうな顔をしていたのかもしれない。久枝と須美代は目を合わせた。

「急がせるつもりはありませんが、ご自分のことを第一に考えなければ」

「わたくしたち、娘が欲しゅうございますのよ。香苗どのならよろこんで……」

これまでも何度か水を向けられていた。が、香苗を手放すつもりは断じてない。どんなに心細かろうが、実家の言うなりに再婚する気はなかった。

「ご心配をおかけして申し訳ありません。わたくしなら大丈夫です。二度と不愉快な思いをなさらずにすむよう、実家にもようく言っておきます」

結寿はあらためて両手をついた。

「もどるまで、香苗をよろしゅうお願いいたします」

「むろんです。ちょうどお顔が見たいと思うていたところですから」

「舅上《ちちうえ》もそろそろ帰ってこられます。きっと大よろこびなさいますよ」

というわけで、結寿は姑と義妹に送られて玄関を出た。香苗にひとこと言っておこうかとも思ったが、しょっちゅう訪れている家だし、奥の間で猫と遊んでいるというので、顔を見ないで出かけることにした。実家までならたいした道のりではない。それに実家なら長居をすることもありえない。出かけたことさえ気づかれないうちに帰ってこられるかもしれない。

結寿は飯倉の大通りへ出た。日陰を拾いながら溝口家へ急ぐ。

二

母さまにも見せてあげなくちゃ——。

香苗はようやく腰を上げた。子猫は三匹、けだるげに寝そべる母猫のまわりでじゃれあっている。その様子があまりに愛らしいのでつい見とれ、手毬《てまり》をころがしたり紙縒《こよ》りを蝶のように動かしたり、夢中になって遊んでいたけれど……。

ここへ来る道々、母はいつもとちがっていた。なんだかぴりぴりしているように見えた。話しかけるのがためらわれて、そっと顔色をうかがいながら歩いてきた。

なにか、悲しいことが、あるのかもしれない。もしそうなら、なおのこと子猫を見せてあげなければ。愛らしい子猫たちを見たら、母も元気になるにちがいない……。

香苗は茶の間を覗《のぞ》いた。

母と祖母が話していたはずなのに、だれもいなかった。

どこへ行っちゃったのかしら——。

首をかしげたとき、玄関のほうから話し声が聞こえてきた。香苗は耳をそばだて、玄関へ出てゆく。

「お姑《かあ》さま。やはり香苗どのはこちらで引きとりましょう」

「わたくしどもも、はじめからそのつもりでおりました。再婚するなら子連れでないほうがよいに決まっています」

「ええ。結寿どのでしたら、いくらでも良きご縁がおありのはずですものね」

「ご実家の仰せはたしかに強引ですが、かといって、せっかくの縁談を頭ごなしにお断りするというのもねえ……。そもそもわが家との縁談も、ご実家のお膳立てだったのですから」

「存じております。今ごろは、結寿どのもお考えをあらためて、再婚なさる気になっておられるやもしれません」

「それはどうでしょう。でもゆくゆくはどこかへ嫁がざるを得ないでしょうし、となれば、そろそろ手放すお覚悟をなさっておかないと。香苗のためにも一日も早いほうが……」

話しているのは叔母と祖母だ。母の姿はない。

話の中身がぜんぶ理解できたわけではなかったが、母がどこかへお嫁にゆく話だということは、これまでもちらちら耳にしたことがあったので香苗にもわかった。その際には自分がじゃまになる……ということも。

香苗はしばらく、金縛りにでもあったようにその場に突っ立っていた。二人が腰を上げかけたのを見てあわててきびすを返し、猫のいる奥座敷へ駆けもどる。

子猫たちは飽きもせず母猫にじゃれついていた。母猫のほうはといえば、ときおり首を起こして子猫を舐《な》めてやるだけで、あとは知らぬふり。うるさくなるとじゃけんに前足で払いのける。

香苗は一変、沈んだ目になっていた。

「香苗どの。こちらへいらして、おやつを召しあがりませんか」

叔母が呼びにきた。

香苗は首を横にふる。

「まあ、よほど子猫が気に入ったのですね」

「叔母さま」と、香苗は叔母に思いつめた目を向けた。「母さまはどこへいらしたのですか」

「結寿どのならご実家です」
「実家って、竜土町の……」
「ええ。結寿どののお父上のお家」
「なにしてるの」
「お父上に相談事がおありのようです。でも心配はいりませんよ。香苗どのにとってはここが実家ですもの。亡きお父上の家なのですから。いつでも、いくらでも、ここにいらっしゃればよいのです」

ということは、母も竜土町の実家にいくらでもいてよいのだ。

「母さま……母さまは……」

帰ってくるのかと訊《き》きたかったが、急に恐ろしくなって舌がもつれてしまった。すると叔母は手のひらを香苗の頭に置いてやさしく微笑《ほほえ》んだ。まるで捨てられた子を憐《あわ》れむかのように。

「香苗どのはもう七つになられたのです。母さま母さまと言ってくっついてばかりいてはいけません。母さまには母さまのなさりたいことがおありなのです。これからはお好きなようにしていただかないとね」

叔母が出ていったあとも、香苗はしばし茫然《ぼうぜん》としていた。

母さまは、なにかしたいことがあるのか。あるとしたら、もう一度お嫁にゆくことだろう。でも幼い娘がいるからできない。自分がくっついているために、母さまはお嫁にゆけないのだ。

ここへ来る道で母がなぜ不機嫌な顔をしていたのか、今、その謎が解けた。解けたと香苗は思った。自分はもう、いらない子、なのだ。

突然、涙があふれた。母猫にじゃれつく子猫たちの姿がかすんで見える。

竜土町へ行かなければ……と、香苗は思いついた。母さまに会ってたしかめよう。いや、会ったら泣いてしまいそうだ。お嫁にゆかないでとしがみついたら、母さまは自分を嫌いになってしまうかもしれない。聞き分けのない子は嫌われますよ、と、よくお祖母《ばあ》さまが言っている……。

それでも、ひと目でいいから、母を見たかった。たとえ嫌われることになったとしても、母に抱きしめてもらいたかった。どこか、遠くへ行ってしまわないうちに。

香苗は、庭で遊ぶときのために置かれている下駄を履き、裏木戸を押し開けて路地へ出た。組屋敷は似たような家が並んでいるので方向を定めにくい。あてずっぽうにいくつか路地を曲がると組屋敷の外へ出た。幸い見覚えのある道だ。往路で渡った大通りではなく、母と墓参をするときにとおる道のようだったが、香苗はかまわずにずんずん歩いた。寺がいくつも並んでいる。いずれも似たり寄ったりなので、小山田家の寺がどこだったか、それすらわからない。

「母さまはどこ？　竜土町はどっち？」

暑さと心細さで、香苗は寺門のかたわらにしゃがみこんでしまった。

どのくらいそうしていたか。

「あら、驚いた」

耳馴れない声がした。目の前にくたびれた下駄を履いた、何日も洗っていないような足がある。香苗は顔を上げた。

自分とさほど年恰好《としかっこう》がちがわないように見える女の子が、仁王立ちになって香苗を見下ろしていた。狸穴町の商家の子供たちよりずっとみすぼらしいいでたちだ。

女の子は柿の種のような艶《つや》やかな目で、じっと香苗を観察した。

「こんなとこでなにしてるのサ。迷子にでもなったのかい」

香苗はこくりと唾《つば》を呑《の》みこんだ。そうか、迷子になったのか……ちらりと思ったものの、頑《かたく》なに首を横にふる。

「なら、気分でもわるいのかい」

「母さまを捜してるの」

「ふうん。嬢ちゃんのおっ母《か》さんが迷子になったのか」

女の子はケタケタと笑った。

「嬢ちゃん、いくつ？」

「七つ」

「なんだ、あたいよか五つも下か」

ということは、女の子はもうずいぶんな大人らしい。狸穴町には十《とお》になって奉公に出される子供が幾人もいた。それにしても……やせっぽちで、背丈だってそんなに高くは見えないのに、自分より五つも年上だとは……。

「家はこの近所かい」

女の子はまたもや訊いてきた。

「ずうっと向こう」

香苗はかなたを指さした。といっても方向がわからないので、いいかげんに腕を伸ばしただけだったが……。女の子は香苗が指さしたほうへちらりと目をやり、それから鼻にしわを寄せる。なにか考えているらしい。

「よし。一緒に捜してやるよ」

「ほんとッ」

「おいで。嬢ちゃんはめんこいから親方もよろこぶ」

「親方って？」

「ま、なんていうか……生みの親じゃないけどね、お父《とう》みたいなもんサ。親方はなんだって知ってる」

「母さまのいるところも？」

「たぶんね。神隠しにあったんでなきゃ、捜せるよ、きっと」

香苗はぱっと目を輝かせた。女の子が差しだした手を握る。汗で湿っていて、ところどころに肉刺《まめ》のある手だ。女の子は香苗の体をぐいと引きあげた。やせっぽちなのに力は強い。並んでみると、頭ひとつ分、背も高かった。

「あたいはヤチってんだ。嬢ちゃんは？」

「カナ」

ヤチは母猫が子猫を舐めまわすように、あらためて香苗を観察した。

「おべべも上物だし、美味《うま》いもん、たっぷり食べさせてもらってるんだろうね。あたいはあんまし食べないんだ。食べると大きくなっちゃうから」

「大きくなっちゃいけないの?」

「ああ。重くちゃ跳べない」

「飛ぶ?　お空を飛ぶの?」

「棒をつかんでひょい……ま、いいサ。そのうちわかるよ」

さ、行こうと、つないだ手を引っぱる。

「あのね、母さまは竜土町にいると思うんだけど……」

「そうかい。なら心配ないよ。親方にまかせときゃいいんだ」

香苗はほっと息をついた。ヤチというおかしな名前の女の子の親方だかお父だか知らないが、竜土町へ連れていってくれるというならそれにこしたことはなかった。このままうろうろしていたら暑くて溶けてしまいそうだし、本物の迷子になってしまうかもしれない。

二人は真夏の陽射しの中をしっかりと手をつないで歩いた。

ヤチが向かっている先が竜土町でないことは香苗もうすうす感じ始めていたけれど、それが氷《ひ》川明神《かわみようじん》で、そこになにが待っているか、童女には想像もつかない。

ヤチは鼻唄をうたっている。

三

「再婚するつもりはありません。香苗を手放すつもりも。何度も申し上げたはずです。これはわたくしの一存ですから、小山田家へあれこれ言うのはおやめください」

竜土町の実家で、結寿は継母に抗議をした。

「父上にもどうぞ、継母上《ははうえ》からお伝えください。金輪際、小山田家へご迷惑をおかけせぬように、と」

継母は心外だと言わんばかりに眉をひそめた。

「なれど、そなたが苦労を背負いこむことになったのは、あちらさまのせいではありませんか」

盗賊騒動にかかわったがために、小山田家は免職されて格下げとなった。今は復職しているが、その心労が結寿の夫、万之助の死の遠因となったことは否めない。遺された結寿が苦労を背負いこんだというなら、それはそのとおりだったが……。

「わたくしは苦労とは思うておりません。こうなったのも宿命《さだめ》、だれのせいでもありません」

「でも小山田家は弟御が家督を継がれ、ご妻女を迎えられました。そなたの居場所はもうありませんよ」

「それは……わかっております」

「だったら手遅れにならぬうちに身を固めておくことです」

「再婚はしないと……」

「さようなわがままを言っていられるのは今だけです。容色はあっというまに衰える。縁談はぱたりとこなくなる。そのときあわてても知りませんよ」

話は平行線だった。

「わかりました。縁談についてはわたくしに直接お知らせください。お話をうかごうて自分で判断いたします。ただし……」

小山田家にはよけいなことを言わぬように……と、それだけは約束をとりつけて、結寿は実家をあとにした。

旦那さまが生きていてくだされば――。

飯倉片町の大通りを小山田家へもどりながら、結寿は寂寥感に苛《さいな》まれる。その一方で、万之助のもとへ嫁ぐ際もおなじ寂寥感を抱えていたこと、そしてそれが滓《おり》のようによどんで消えず、嫁いだあともうしろめたさを抱えていたことを思い出していた。そう、あのころの自分は妻木道三郎《つまきみちさぶろう》に思いを残し、心の底ではままならぬ宿命を怨《うら》んでいた……。口ではきっぱり未練を断つと言いながら、胸の奥底では……。

二度とそんなことがあってはならない。だれがなんと言おうと、意にそわぬことは断固すまいと結寿はくちびるを引き結ぶ。

ところが――。

小山田家へ帰り着くや、それどころではなくなってしまった。

「結寿どのッ。今、使いをやるところでした」

須美代が血の気の失《う》せた顔で玄関へ飛びだしてきた。

「香苗になにかッ」

「どこにもいないのです」

猫と遊んでいたはずが、様子を見にゆくと姿が消えていた。沓脱石《くつぬぎいし》の上にあったはずの下駄がなくなっていて、裏木戸が開いていたので、そこから出ていったものと思われる。皆が近隣を捜しまわっているが、いまだ見つからないという。

「なにか、変わったことは？」

「いいえ。あ、でも結寿どのはどこへいらしたのかと訊かれました。ご実家へ出かけたと言うと、なにをしに行ったのか、と」

「なんと、お答えくださったのですか」

「お父上に相談事がおありだと……」

香苗がその答えをどうとったかはわからない。が、不安になって外へ飛びだしたのはまちがいなさそうだ。となれば、行先は竜土町か。けれどそれなら大通りで出会うはずではないか。

「迷子になったのですね、竜土町へ行こうとして……」

「ええ。子供の足ですから、そんなに遠くへは行っていないはずです。家の者たちが総出で捜しておりますから、とりあえず、結寿どのは中へ」

「いいえ。わたくしも捜します」

じっとしてはいられなかった。

「裏道をたどったとして、今ごろはもう竜土町へ着いているやもしれません。実家へ知らせておかなければ。あ、それから狸穴へも……」

「狸穴なら知らせをやりました。万が一、帰っているかもしれませんから」

「ご迷惑をおかけします」

「なにをおっしゃるのですか、結寿どのは。香苗どのだって、小山田のお身内ですよ」

結寿は頭を下げ、すぐにまた溝口家へ引き返した。香苗がいなくなったことを知らせれば、大げさに騒ぎたてるにちがいない。陰でなにを言われるか。といって、知らせないわけにはいかなかった。香苗がたどり着く公算は大なのだから。

——ほらね、偉そうに言うても、独りで育てられるものですか。

継母はいかにもそう言いたそうに見えたが、結寿は気にしなかった。今は香苗の無事を祈ることだけで頭がいっぱいである。

「香苗がここへ来たら、すぐに知らせてください。母が迎えにくるからと言って、必ず待たせておいてくださいね」

何度も念を押して小山田家へもどる。香苗の居所はまだ不明で、狸穴から駆けつけた百介が結寿の帰りを待っていた。

「ご隠居さまもたいそうご心配され、こちらへ飛んできて探索に加わると仰せでしたが、狸穴で留守番をしていただくよう説得しました」

「ほんとうに、どこへ行ってしまったのでしょう。皆がこんなに捜してくださっているのに見つからないなんて」

幼女の足である。そんなに遠くへ行けるとは思えない。

「もしかしたら……」

百介はうっかり言いかけて、あわてて口をつぐんだ。「攫《さら》われたのではないか」と言おうとしたのだろう。結寿もそれがなにより心配だった。江戸では近ごろ、子攫いの噂をよく耳にする。

香苗が独りで外へ出ないよう、結寿も気をつけていたのだ。

「小山田の者たちだけでは手に負えぬやもしれません」

「へい。あっしは御番所へ行って参ります」

「でしたら妻木さまに……」

「合点承知ッ」

こんなとき頼りになるのは、なんといっても町奉行所の同心、妻木道三郎である。本来、町方同心は庶民の騒動を収めるのが役目で、武家にはかかわらないのが決まりだが、今回のような場合は江戸市中の隅々まで精通している道三郎の助けがぜひとも欲しい。

「頼みましたよ。大急ぎで」

百介を送りだした。

「香苗ーッ。香苗ーッ。迷子の童女を見ませんでしたか。背丈はこのくらい、振り分け髪で藍地に矢羽根模様の着物、黄色い兵児帯《へこおび》。下駄を履いて……年齢《とし》？　七つです」

小山田家の人々と共に、結寿は娘を捜し歩く。

四

香苗は目をしばたたいた。

ここは、どこ……?

見たことのない景色が目の前を流れてゆく。流れて……そう、正確に言えば景色が流れてゆくのではなくて、香苗が動いているのだ。ガタガタと上下に揺られながら。

香苗は荷車の荷台にいた。これでもかと積み上げられたガラクタまがいの荷物にかこまれている。いつ、どうして荷台へ乗ったのか、そのところの記憶は定かではなかったが、荷車の前後左右を歩いている者たちの顔には見覚えがあった。

ヤチがいる。それから「親方」と呼ばれている初老の男がいた。年齢不詳の女も。小柄ながら手足のごつごつした少年に、小童《こわっぱ》が二人。

あッと香苗は思い出した。小童の一人はさっき軽やかに跳んで燃えさかる火の輪をくぐり、でんぐり返しをしてみせた男児だ。神社の境内のようなところで、人がいっぱいいて、やんやと囃《はや》し立てていた。目を丸くして眺めていた香苗の手を引っぱって、ヤチは初老の男のところへ連れていった。

名前だの年齢だの、親方からあれこれ質問された。香苗が母を捜していることは、ヤチが代わりに説明してくれた。

「いっしょに行けば捜してもらえるって……ほんと？　母さまに会えるの」

香苗は期待をこめて親方を見つめた。親方が答える前に、いつからそこにいたのか、女が香苗の肩をぐいと抱き寄せた。

「むろん、捜してやるともサ。待っといで」

それが白粉《おしろい》と麝香《じゃこう》のまじりあった匂いだとはわからなかったけれど、女の発散する強烈な匂いに香苗は噎《む》せた。

「別嬪《べっぴん》じゃないか、ねえ、おまえさん」

「厄介事はごめんだぞ」

「どうせ、すぐに出立しちまうんだ。わかるもんか」

女はヤチに目をもどした。

「おまえにもなにか褒美をやらなきゃね」

「あのう、母さまは……」

香苗は話に割って入った。

「おや、母さまだとよ。へえ、母さまとはねえ、ずいぶんとお上品だこと。わっちらとは生まれがちがうんだね」

「ほれみろ。こいつは……」

「なんだい、ぴったしじゃないか。やんごとなき姫さまに仕立てるんだから。ね、嬢ちゃん、母さまのことなら、わっちにまかしときな。わるいようにはしないから……」

――と、そのあたりまでは香苗も覚えていた。いつのまにか歓声をあげていた人々はいなくなり、子供たちがどこからか荷車を引いてきて、忙しげに荷物を積みあげている。

女はヤチに目くばせをした。

香苗はヤチが持ってきてくれた水――それは、夏になると狸穴町へも「ひゃっこい、ひゃっこい」と謳うような声で天秤《てんびん》をかついでくる水売りからときおり買ってもらう、白玉の入った甘い水とよく似ていた――を飲んだような気がするが、そこからはもうなにもかもがぼんやりしていた。あのあと、いったいなにがあったのか……。


左右を眺めていると、ヤチがそばへやってきた。

「目が覚めたようだね」

「眠っていたの？」

「そうさ。歩きまわって疲れたんだろ。そこらへ置いてくわけにもいかないから、いっしょに連れてきてやったんだ」

「どこへ行くの？」

「ねぐらサ。と言ったって、そろそろそこともおさらばするらしいけど」

香苗は、いちばん大事なことを思い出した。

「母さまは？」

「捜したけどいなかったんだって」

香苗は息を呑む。

「竜土町に、いなかったの？」

「ああ。どこにもいなかった。どっかへ行っちまったんだとサ」

「なら……それなら、大祖父《おおじい》ちゃまのとこへ帰らなきゃ。百介に迎えにきてもらって……」

「大祖父ちゃまとやらがどこにいるか知らないけど、今夜は無理だよ。もう遠くまで来ちまったから」

「遠く……遠くって？　いやだッ。おうちへ帰りたい」

どっと不安が押しよせた。あたりは薄暗くなっている。荷車のまわりにいるのは、どこのだれとも知らない、今日の今日、出会った者たちばかりだ。ヤチにしたって、知り合ってからまだいくらも経っていない。

「カナ、帰る。降ろしてッ。おうちへ帰るッ」

香苗は立ち上がろうとした。が、荷車が動いているので上手《うま》く立てない。

「降ろしてッ。ねえ、降ろしてってばッ」

「だから無理だって言ってるだろ」

「帰るッ。帰るッ。おうちへ帰るッ。母さまッ。母さまーッ」

声をかぎりに叫んだら涙があふれた。荷車が止まったので、香苗は降ろしてもらえると思った。跳び下りたら荷車とは反対の方角へ走るのだ。一目散に。狸穴を目指して。

ところが、その前に女がそばへやってきた。最初に話をしたときとはまたちがう酸っぱいような臭《にお》いがして、目のまわりが赤く染まっていた。髪がぼさぼさなので絵草子で見たことのある赤鬼のようだ。

「うるさいねえ。お黙りッ」

女はぴしゃりと香苗の頬をはたいた。片手を上げたとき、女の二の腕にくっきりと二本の入れ墨が見えた。が、むろん、香苗にはそれがなにかわからなかった。そんなことより、のけぞった拍子に後ろに積んであった木箱に頭をぶつけたため、目から火花が散って、痛みにうずくまる。

「いいかい。ぎゃあぎゃあ騒ぐと猿轡《さるぐつわ》をかますよ」

サルグツワというのも聞き覚えのない言葉だったが、きっと恐ろしいものにちがいないと香苗はふるえあがった。そうでなくても驚きと後頭部の痛みで気が動転してしまい、金縛りにあったように体の動きが止まっている。声も、出ない。

「ほらね……」と、ヤチがあざけるように甲高《かんだか》い笑い声をたてた。「大人しくしてたほうが身のためサ。どのみち逃げられやしないんだから」

他の子供たちがどんな顔で眺めていたのか、まわりを見まわす余裕はなかった。女は千鳥足で離れてゆき、小童の手から竹筒をうけとって、真っ白い喉を見せてぐびりぐびり呑み干した。ヤチも先へ行ってしまったので、香苗は荷台に一人残された。荷車は再び暮れかけた荒れ野をガラガラと進む。

香苗は膝をかかえていた。声を立てないように、交互に左右の腕で涙を拭《ぬぐ》う。拭っても拭っても涙はあふれた。

母さま、大祖父ちゃま、お願い、助けて――。

荷車の前方で禍々《まがまが》しいほど艶《あで》やかに燃えていた残光も、すでに闇に溶けこんでいる。

五

「闇雲に捜しても無駄です。あとはわれらにまかせてください」

きりりとした目元に決意の色を浮かべて、彦太郎《ひこたろう》が言った。左右には似たような年ごろの若者が四人、その中の一人は小源太《こげんた》だ。

彦太郎は妻木道三郎の一人息子である。子供のころはよく狸穴へやってきて、結寿の祖父の幸左衛門から捕り方指南をうけていた。十六になった今は、町方同心の見習いとして多忙な日々を送っている。会う機会はめったになくなっても、結寿を母や姉のように慕う気持ちに変わりはないようだ。

もちろんそれは、結寿や幸左衛門にとっては大家であるゆすら庵の倅《せがれ》、小源太も同様である。

町奉行所へ飛んでいった百介は、道三郎に助けを求めた。他ならぬ結寿の娘の失踪騒ぎだ、道三郎はなにをおいても駆けつけたかったはずだが、そこは宮仕えの身、迷子を捜すために役目を放りだす身勝手は許されなかった。というのは、当番月以外は、奉行所内で膨大な案件を処理する役目があるからだ。

そこで、彦太郎の出番となった。

「なんとしても捜しだせ」

父から檄《げき》を飛ばされ、彦太郎は同輩や手下《てか》を集めて小山田家へ駆けつけた。探索については道三郎からこまごまと指図をうけている。

「捜しても見つからぬのは、近隣にはいない、という証でしょう。だれかに連れてゆかれたのです。道に迷っていたところを言葉巧みに騙《だま》されたのではないか、と」

では、なんのために童女を連れ去ったのか。どこの子供かわからないのだから私怨からとは思えないし、出来心で愛らしい童女を攫うような人間に香苗が易々とついてゆくとも思えない。

「浅草や深川あたりの寺社では、縁日などで迷子に目をつけ、攫う輩《やから》がいるそうで……」

空き地や裏路地で遊んでいて神隠しにあう子供もいるが、寺社の境内のような人混みがなんといってもいちばん危険だ。攫われたら最後、見つけるのは至難の業だし、攫うほうも遠方から来ていることが多いので逃げのびやすい。そもそもそういう輩は、子供が増えても周囲から不審がられない、特殊な暮らしをしているのだろう。

「つまり父は、界隈《かいわい》の寺社をしらみつぶしにあたって、子供の集まること、関心を引きそうなことがなかったか調べるようにと……」

彦太郎は絵図をひろげた。絵図には麻布、芝、赤坂あたりの寺社がもれなく記されていた。もとより寺社の多い地域だから夥《おびただ》しい数である。

「よし。手分けして調べよう」

「あっしもお仲間に……」

「おれも行くぞ」

「むろんわしも」

一人でも多いほうが助かる。百介、小山田家の当主の新之助、隠居の万右衛門《まんえもん》まで加わって、寺社へ聞き込みに出かけることになった。

「待ってろ。おいらがきっと見つけてやる」小源太は結寿に約束した。「畜生ッ。カナ嬢ちゃんを攫った野郎を見つけたら、生かしちゃおかねえぞッ」

彦太郎も出がけに結寿のそばへやってきた。

「お役目を終えたら、父も駆けつけると言っていました。母が娘の身を案じるのは当然ですから言っても詮無《せんな》いことですが……父は、結寿どのが参ってしまうのではないかと、それは心配しておりました」

「わたくしのことなら大丈夫です」

「おかしなふうにとらないでください。もちろん、香苗どのの無事がいちばん。父もそれがしも、香苗どのを身内と思っています。わが娘、わが妹だと……。命に代えても連れて帰りますよ」

それだけ言うと、彦太郎は駆け去ってしまった。

「わが娘……わが妹……」

結寿は鳩尾《みぞおち》に手をやる。

聞き込みを終えた一行がふたたび小山田家で顔を合わせたのは、夜も更けてからだった。このころには道三郎も、堀口勇之進《ほりぐちゆうのしん》という同心をともなって駆けつけている。

「堀口どのは、さる大店《おおだな》の主《あるじ》から行方知れずの倅の探索を頼まれたことがおありだそうでの。あれはもう五年ほど前になるか。その倅というのは当時六つ、女中にせがんで八幡様の縁日へ行き、大道芸を見たあと消え失せてしもうたそうでの、妙齢の女に手を引かれて歩いているのを見た、という者が何人かいて、どうも旅芸人の一座に連れ去られたらしい。そこまではわかったが、とうとう取り逃がしてしもうたそうだ」

「早々に十分な人手を出して探索をすべきだった。悔やんでも後の祭り。心労が祟《たた》って内儀は寝こんでしまい、そのまま亡《の》うなってしもうてのう。そのせいでもなかろうが、店も傾き、他人の手に渡ってしもうた……」

自分の力が足りなかったせいだと、堀口は己を責めた。そんな苦い経験があるので、こたびも傍観してはいられなかったという。

「子攫いほど酷《むご》いものはない。子も辛《つら》かろうが親も憐れ。断じて許せぬ」

香苗はまだ、攫われたと決まったわけではなかった。が、道三郎や堀口の話を聞いていると、もうそうと決まったような気になって、結寿はいたたまれなかった。

「聞き込みはどうでしたか」

先をうながす。

炎暑のせいか、寺社はいずこも人がまばらで、縁日でもないので閑散としていた。が、中には境内で大道芸を見せたり、お面や飴細工を売ったりと、子供が目を留めそうな出し物を行っている寺社もいくつかあった。

「ひとつ、気になることがあります」

彦太郎は身を乗りだした。赤坂の氷川明神で、旅芸人の一座が子供たちを使って大道芸を見せていた。籠脱《かごぬ》けや金輪まわしの他に燃え盛る火の輪をくぐる芸当などもあって拍手喝采を浴びていたが、この一座は明日にも江戸を発《た》つと話していたという。

「香苗どのに似た年恰好の童女はいなかったようですが、一座の中に十かそこいらの娘がいて、昼間、この近くの寺へ墓参に来ていたとか……。おなじころ、法童寺《ほうどうじ》の寺男が手をつないで歩く女の子の二人連れを見ています」

小山田家の菩提寺は浄圓寺《じょうえんじ》で、その娘がお参りをした墓があるのは真性寺《しんしょうじ》だが、どちらも御先手組の組屋敷からさほど遠くない。周囲には寺がいくつも並んでいて童女には区別がつきにくいし、香苗が真性寺でこの娘に出会い、面白い出し物につられてついてゆくということなら、あってもふしぎはなかった。

「独りで行くことはないとしても、娘に誘われれば……」

道三郎と堀口は目を合わせる。

「一座のねぐらはどこだ？」

「目黒不動の近辺、としか……」

「明日には江戸を出ると言ったのだな」

「はい。どうも訳ありのようで……江戸へは数年に一度、立ち寄る程度だそうです」

根城がどこか、そんなものがあるのかどうかもわからないが、なにか事情があって田舎町を巡業しているのだろう。

「子供を集めて芸をさせる、というのがそもそも怪しいのではないかと……」

「たしかに。ぐずぐずしてはおれんぞ」

堀口はもう腰を浮かせていた。

「待て。ねぐらが不動尊のあたりなら、地元の者たちの手を借りよう。夜中のうちに見張りを立てておけば取り逃がす心配はない」

道三郎は、彦太郎に今一度、絵図をひろげさせた。ねぐらは不明でも、江戸を出る道はそういくつもはないから待ち伏せするにはもってこいだ。ただし、そのためには十分な人手が要る。

「あの界隈を仕切っているのは辰巳《たつみ》屋の常蔵《つねぞう》親分だったな」

道三郎は不動尊の周囲の道に印をつけて、各々に人数を割りふった。寝ている常蔵を叩き起こして助太刀を頼む役目は、道三郎が自ら買って出た。

「小山田さま。ご隠居さま。あとはわれらにまかせて、お二人はおやすみください」

「なんだとッ。わしの孫娘だぞ。寝てなどいられるかッ」

「香苗は亡き兄の忘れ形見。無事な顔を見るまでは、おれとて眠れぬわ」

万右衛門と新之助も探索に加わるという。

結寿も腰を上げた。

「わたくしも参ります」

「結寿どの。それはなりませぬ。足手まといになりましょう」

「義姉上《あねうえ》。ここは皆さまにおまかせして……」

片隅にひかえていた久枝と須美代はあわてて止めた。が、結寿は聞かなかった。

「あの娘はどんなに心細い思いをしているか。見つかったときは真っ先に抱いてやらねばなりません」

道三郎へ懇願のまなざしを向ける。

「妻木さま。お願いいたします」

「結寿どのがそこまで言われるなら……」

「へい。お嬢さまにはあっしがぴたりとついております。ご心配はご無用に」

百介も言葉を添えた。

早速、身仕度にとりかかる。その手をいっとき止めて、

「皆さま。なにとぞ……なにとぞ娘をお助けください」

ひと足先に出かけてゆく男たちに、結寿は深々と頭を下げた。

六

子供たち——火の輪をくぐった小童ともう一人の小童、二人よりいくつか年長の少年、ヤチと

香苗――は、夕餉《ゆうげ》にほんのぽっちりの粥《かゆ》しか与えられなかった。それ以上に香苗が驚いたのは、夕餉の前、ねぐらに着いて早々、女と香苗以外の全員が庭に集められて、親方から殴る蹴るの制裁を加えられたことだ。芸の出来がわるかった、どこそこをしくじった……と理由はまちまちだったが、それまで無口で女の言いなりだった親方が突然、狂暴になったので、香苗はまたしてもふるえあがった。

ヤチも例外ではない。張り飛ばされた。が、平気な顔をしていた。

「あれでも手かげんしてるのサ。歩けなくなると厄介だから」

夕餉の片づけをしているとき、ヤチは小声で教えた。たしかに、ヤチ以外の者たちも慣れっこになっているようで、平然としている。いや、平然というより、そもそも感情というものが欠落しているのかもしれない。だれも笑わないし、おしゃべりもしない。

「なんだか、おかしな家族……」

香苗がつぶやくと、ヤチは意表を衝《つ》かれたように香苗の顔を見返した。

「あんた、家族と思ってたのかい」

「ちがうの？」

「バッカだねえ。家族なもんか」

ヤチは、両親が相次いで死んでしまったあと親戚に引きとられたものの、折り合いがわるく、家を飛びだして途方に暮れていたとき、女に声をかけられた。が――。

「ヨウマは捨て子だったそうだし、トビマルは里子だそうだけど、ほんとのところはどうだかねえ。サキチは……知らないね。元いたちっこいのが一人、死んじまって、それで姐《ねえ》さんがどっから拾ってきたんだ」

香苗は目をしばたたくばかりだ。

「わたしは、どうなるの？」

「さあね。客寄せにやんごとなき姫君がほしいと話してたから、少なくとも、傷だらけにはされないよ」

「だけど、おうちへ帰らなきゃ。母さまが……」

「あんたの母さまは、あんたを捨てたんだ。姐さんがそう言ったんだから」

「けど、それでも、帰らないと……」

「うるさいねえ。もう寝な。寝とかないと行き倒れだよ」

「行き倒れって？」

「旅に出るんだ。詳しいことは知らないけど、お江戸には、長くはいられないんだよ。お上にめっかったら面倒なことになるんだって。だからあっちこっち場所を変えるのサ」

「ああ、でもわたしは……」

「ほら、親方が見てる。殴られたくなけりゃ寝た寝た」

泣きたかったけれど、香苗は泣かなかった。涙はもう涸《か》れ果てていたし、たとえ残っていたとしても、泣けば頰を張られるとわかっていたからだ。

子供たち五人は板の間に莚《むしろ》を敷いた一間へ押しこめられた。もとは廃屋らしい。疲労困憊《こんぱい》していたせいか、恐ろしさにもかかわらず香苗はすぐに寝入ってしまった。

夜中に目を覚ますと、となりに寝ていた小童――火の輪をくぐったサキチ――が、闇の中でぽっかりと目を開けていた。強い光を放つ目は獣のそれのようだ。

他の全員が寝息をたてているのをたしかめた上で、香苗はサキチに顔を向けた。

「ねえ、あなたはどこから来たの？」

サキチは目をみはった。なにも答えない。

「ねえってば。おうちはどこ？　母さまや父さまはいないの？」

やはりサキチは答えなかった。そういえば、サキチの声は一度も聞いていない。

「わたしね、おうちへ帰ることにしたの。しッ。内緒よ。あなたもいっしょに行かない？」

しばらく間があった。サキチは食い入るような目で香苗を見つめていたが、だれかが寝言とも鼾《いびき》ともつかない声を発したのをしおに寝返りを打ち、香苗に背中を向けてしまった。

へんな子――。

ここにいるのは、おかしな子ばかりだ。いや、大人だって……。

母や曾祖父、百介、ゆすら庵の人々、そして小山田家の家族の顔を一人一人思い浮かべているうちに、また目頭が熱くなってきた。香苗は声がもれないように体を丸めて泣き、いつしかまた眠ってしまった。

翌朝、だれよりも早く起きて逃げだすはずが、香苗が目覚めたときはもうヤチが起きていた。

そのあとも、いつ逃げようかとドキドキしながら様子をうかがっていたものの、ヤチが腕をとらんばかりにくっついているので逃げられない。

一行は早々に出立した。昨日同様、香苗は荷車の荷台に乗せられた。江戸を離れるまでは、そのほうがよいと判断されたのだろう。敷物を掛けてしまえば、場ちがいな着物を着た童女を隠してしまえる。

「参っちまうねえ、また暑くなりそうだ」

女がふりむいて東の空を見上げた。

親方が荷車を引き、年長のヨウマがトビマルとサキチに手伝わせて後ろから車を押している。女とヤチは左右から香苗に目を光らせていた。朝靄《あさもや》が立ちこめる一本道を、ガラガラとにぎやかな音を立てて荷車は進む。

いくらも行かないうちだった。

「待てッ。そのほうら、止まれッ」

前方の林の中から、ばらばらと数人の男たちが駆けてきた。あっと息を呑んだときにはもう、香苗は頭から敷物をかぶせられていた。

「声を出したら首をひねるよ」

敷物の上から女に頭を押さえつけられた。

いったいなにがはじまるのか。

香苗は息を詰めて聞き耳を立てる。

「あれだッ」

彦太郎の声に、結寿は眸《め》を凝らした。一本道の向こうから、荷車を中にした数人の人影が近づいてくる。林のそここにひそんでいた男たちがわらわらと駆けだすのを見て、結寿も襷《たすき》の紐《ひも》をしごいた。

「百介。行きましょう」

彦太郎はいち早く飛びだして、早くも荷車の行く手をふさいでいる。

「そのほうらは大道芸の一座だな。どこへ行く?」

「へい。八王子からその先まで巡業いたしやす」

車を引いていた男が答えた。

「おぬしが親方か」

「へい。盥回《たらいまわ》しの与吉《よきち》と申しやす」

「さすれば与吉。荷を検《あらた》める。覆いをはずせ」

「へい。おい……」

与吉はふりむいて、一行の中ではもう一人の大人である女に、覆いをはずすよう目で合図をした。女は覆いをはずしたものの……。即座に髷《まげ》から引き抜いた簪《かんざし》の先端を、覆いの下からあらわれた童女の首に突きつけていた。

「あ、香苗ッ」

結寿は凍りつく。

道三郎や小源太もぎょっと立ちすくんだ。

「なにをするッ。その娘をこちらへ寄こせ」

「やだね。おまえら、わっちを捕まえる気だろ。捕まってたまるか」

「よせ、おりゅう、頭を冷やせ」

与吉はなだめようとした。が、おりゅうと呼ばれた女は香苗を放そうとしない。

「昔もブスリとやったことがある。わっちは本気だよ」

この期《ご》に及んでもまだ逃げられると思っているのか。それとも自棄《やけ》になっているのか。もしそうだとすれば、逆上して香苗の命を奪うことも十分にありうる。殺気立ったおりゅうの様子に困惑して、行く手を阻んでいた男たちは一歩、二歩とあとずさりをした。

「この子を無事に返してほしけりゃ、そこ、どきな。安全なとこまで行ったら返してやるよ。さ、みんな、行くよ」

おりゅうは与吉に荷車を出すよう命じた。

「あいつはちっとばかし、おかしくなっておりますんで。なにをするかわかりやせん。へい。荷台の娘っ子のことなら、迷子を拾ってやっただけなんで……こっちが礼を言ってもらいてえくらいなもんでございますよ。あっしがよおく言い聞かせて、お約束どおり、近くの番屋へおとどけいたしやす」

与吉は言い訳をしながら、荷車の轅《ながえ》を持ち上げた。おりゅうが香苗の生殺与奪の権を握っているので、捕り方のほうも下手に手出しはできない。与吉の言葉を信じてまかせるしかないのかと、結寿も、捕り方のだれもが歯ぎしりをしたときだった。

女が悲鳴をあげた。

なにが起こったか、はじめはだれもわからなかった。

尻餅をつき、ふくらはぎを抱えこんで激痛にうめくおりゅうのかたわらで、小さな影が動いた。おりゅうの手から簪を奪いとり、高々と跳んで荷台に上がり、香苗の手をつかんでおりゅうと反対の側からぴょんと飛び下りたのは――。

サキチである。サキチは渾身の力で、おりゅうのくるぶしに咬《か》みついたのだ。

彦太郎が真っ先におりゅうに跳びかかった。腕をひねりあげる。他の男たちもどっとばかりに与吉や子供たちをとりかこんだ。

与吉は抵抗しなかった。むろん、子供たちも。

捕縛劇がくりひろげられている一隅では、万右衛門が「おうッ」と感極まった声をあげて香苗に駆け寄ろうとした。

道三郎がすかさず歩み出る。片手を水平に伸ばして制止した。その道三郎の背後から飛びだしたのは結寿だ。

次の瞬間、香苗は母に抱かれていた。

「母さま……母さまッ」

「香苗、よう無事で……」

結寿は泣いていた。涙がとめどなくあふれている。香苗の髪を濡らし、頬を濡らし……すると香苗も堰《せき》を切ったように泣きだした。

おんおんと泣きながら香苗は母にしがみついた。二度と、金輪際、死んでも離れまい、とでもいうように。

「香苗、ああ、香苗……わたくしの大事な娘……」

結寿は小さな体を抱きしめた。胸の内で、この温かな愛《いと》しいものを遺してくれた万之助に百千万の感謝を述べる。

結寿の肩に、道三郎の手がそっと置かれた。

それぞれの道

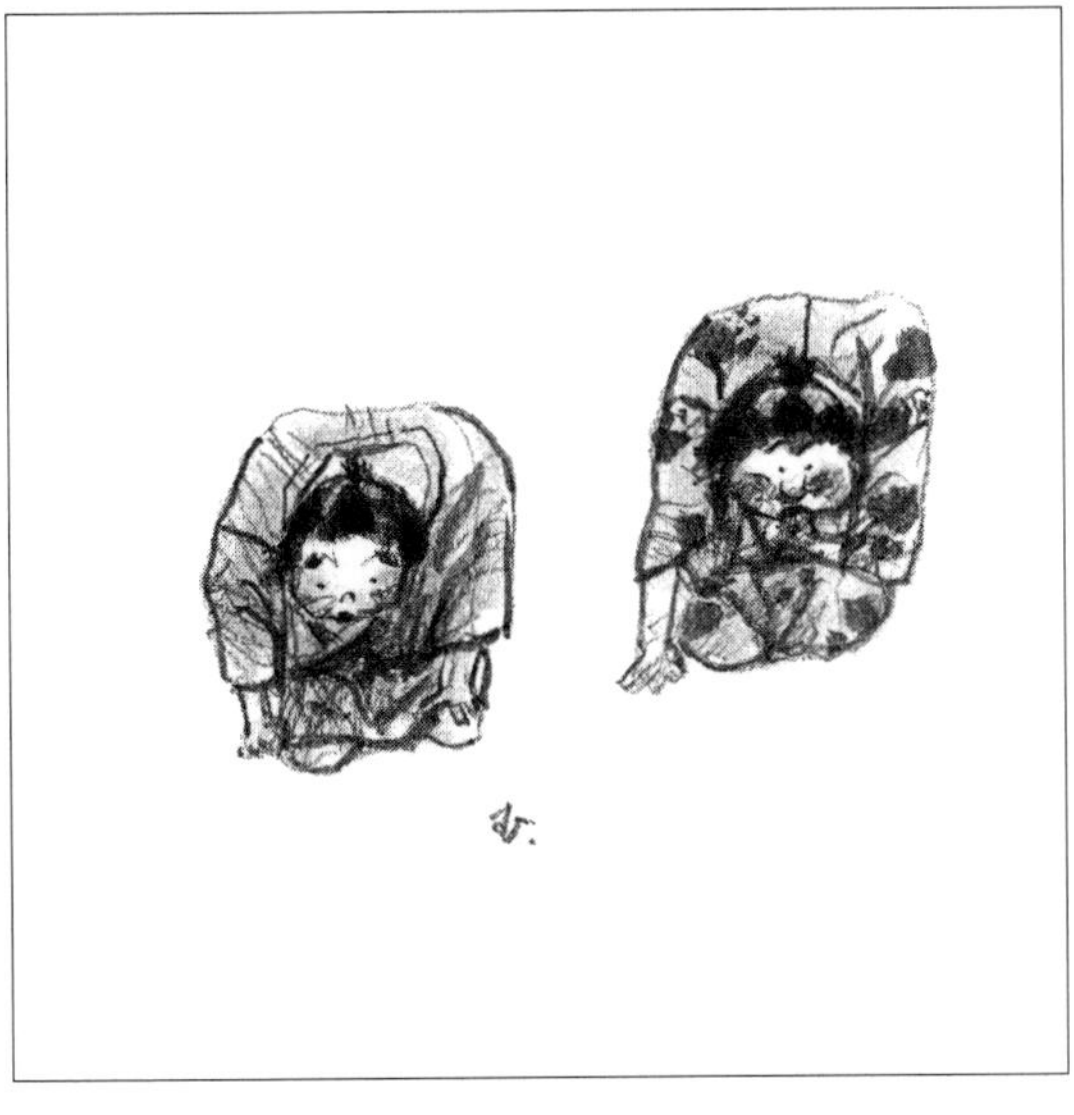

一

　日中はうだるような暑さ、かと思うと陽が陰っただけで風に微《かす》かな涼が感じられる。たった一枚舞い落ちた桐の葉にも夏から秋への移ろいを想う季節だ。庭の葎《むぐら》でクツワムシのがちゃがちゃいう声が聞こえたと思ったら、キリギリスの甲高《かんだか》い声も……。

　いや、これは虫ではなく子供の奇声。

「おい、サキチ。おまえも見せてやれよ。こいつはサ、おいらなんかより、はるかに高く跳べるんだぜ」

　トビマルは器用に地面を蹴って、うしろへくるりと跳んだところだ。得意げに息をはずませながら、ぼーっと突っ立っているサキチの背中を押そうとした。サキチはすいと身をよけ、庭の隅に逃れる。

「およしなさい。無理じいはなりません」

結寿《ゆず》は縁側からトビマルを叱った。正確な年齢は不明だが十歳前後と見えるトビマルは、似たような年恰好《としかっこう》のサキチと芸を競い合うようけしかけられてきたらしい。なにかにつけて競争意識をむきだしにする。

一方のサキチは、よほど差し迫ったことがないかぎり、だれとも口を利こうとしなかった。声が出ないわけではないから、極端な人見知りなのだろう。

「他人《ひと》のことはいいからトビマル、もいっぺん、跳んでみてくんな。ねえ、旦那さま、こいつはなかなかのもんでござんしょう」

「うむ。おまえくらい身軽なら、捕り方指南をしてやってもよいぞ」

近ごろの若造は体が鈍《なま》ってなっとらん、とは幸左衛門《こうざえもん》の口癖である。

百介《ももすけ》と幸左衛門に褒められて、トビマルはつづけざまにうしろへ宙返りしてみせた。見事な技に拍手喝采。目を輝かせて眺めていた香苗《かなえ》がぱっと駆け寄る。

「約束よ。カナにも教えて」

「なんだ、女子《おなご》が……はしたない。ならぬならぬ」

「大祖父《おおじい》ちゃま。どうして女子はいけないの？　母さま。はしたないってどういうこと？」

「香苗、ね、それより皆で牡丹餅《ぼたもち》をいただきましょう。ゆすら庵《あん》からおすそ分けをいただいたのですよ」

結寿が腰を上げるのを見て、香苗とトビマルはわーいと駆けてくる。サキチも少し遅れてやってきた。

元火付盗賊改《ひつけとうぞくあらためかた》方与力《よりき》の溝口《みぞぐち》幸左衛門と孫娘の結寿、結寿の娘の香苗、小者《こもの》の百介の四人は狸《まみ》穴《あな》町の口入屋《くちいれや》、ゆすら庵の裏手の借家で暮らしている。そこへトビマルとサキチが預けられたのは、ひと月余り前のことだった。

結寿は四年前、夫に先立たれた。婚家の小山田《おやまだ》家は狸穴坂を上がった麻布市兵衛《あざぶいちべえ》町にあり、今では夫の弟夫婦が家督を継いでいる。真夏のある日、小山田家に預けた香苗が行方知れずになってしまった。結寿とかつて心を寄せ合っていた町方同心の妻木道三郎《つまきみちさぶろう》父子も八丁堀から駆けつけ、皆で捜しまわったところ、旅芸人の一座に連れ去られそうになっていた香苗を危機一髪のところで助けだすことができた。

それはよいとして――。

親方と呼ばれていた座長の与吉《よきち》と、前科者のしるしの入れ墨のある女房のおりゅうは捕縛されたが、一緒にいた子供たちは行く当てがない。奉行所でのお取り調べを終えたあと、いったんは岡っ引の常蔵《つねぞう》親分の知り合いへ預けられたのだが――。

「わたくしどもの大家は口入屋ですから……」

子供たちの身の振り方を考えてやりたいと、結寿は申し出た。香苗とおなじように攫《さら》われたり拾われたりして無理やり芸を仕込まれた子供たちである。他人事とは思えない。

最年長の――といっても十四か十五か――ヨウマは、坂下町の薬問屋へ奉公が決まった。ヤチも女中奉公に出たものの、こちらは客と喧嘩をしてすぐに帰され、二度目は自分から飛びだしてしまい、目下のところ、ゆすら庵で手伝いをしながら、大家の女房のていに礼儀作法を仕込まれている。

そんなわけで、トビマルとサキチの二人が結寿たちと一緒に暮らしていた。芸はともあれ、旅から旅へ連れまわされていたため、世間並みのことはなにも知らない。いきなり奉公に出しても無理だと判断したからだ。結寿は幸左衛門に二人の指南役をまかせることにした。隠居後、しばらくのあいだ看板を掲げていた捕り方指南もすでに開店休業となった幸左衛門は、日々、無聊《ぶりょう》をかこっている。幸左衛門にとって、子供たちに読み書きを教えるのはかっこうの暇つぶしでもあった。もっとも幸左衛門は堅物中の堅物だから、百介がそばについていて、頃合いを見計らって笑わせたり遊ばせたりしなければ、二人はとうに逃げだしていたにちがいない。

「あ、妻木の小父《おじ》さまだッ」

香苗が真っ先に気づき、牡丹餅を手にしたまま、もう一方の手を庭先に向かってふりたてた。

結寿はあわてて腰を上げる。

「まあ、なにもそんなところからおいでにならずとも……」

「愉《たの》しそうな声が聞こえたので、つい……」

ということは緊急の用件ではないらしい。

「どうぞ、ご一緒に」

「美味《うま》そうだのう」

「小父さま。ここ、こっちよ。小父さまはカナのおとなり」

捕り方の役人だと知っているので身をこわばらせたトビマルやサキチとは反対に、香苗はくったくがない。

照れくさそうな顔をしながらも、道三郎は香苗のとなりに収まった。

馬場丁稲荷《いなり》の境内には、そこここに紅紫色の葛《くず》の花や碧《あお》色の露草の花が顔を覗《のぞ》かせていた。ほんの小さな、ありふれていてわざわざ足を止めて眺める者もいない花々が、ひと足早く秋の気配を伝えている。

結寿は道三郎と二人、稲荷に手を合わせた。道三郎が訪ねてきたのは、結寿母娘の顔を見るためだけではなかった。

「行方がわかったのですね」

「わかった。だが、堀口《ほりぐち》どのはまだなにも話しておらぬそうだ」

香苗の探索に加わった同心の一人、堀口勇之進《ゆうのしん》は、かつて大店《おおだな》の男児の失踪騒ぎにたずさわったことがあるという。深川の富岡八幡宮の境内で旅芸人に連れ去られたらしい、というところまでは追跡できたものの、行方は知れぬまま、今もって男児は見つかっていない。心労のゆえか女房に死なれ、店も手放してしまった大店の主人の居所を堀口があらためて捜す気になったのは、サキチがこの男児かもしれないと考えたからである。

「なにゆえ知らせてやらぬのでしょう。ぬかよろこびをさせて、もしや人ちがいだったらかえってお気の毒だと案じておられるのですか」

「それもある。いや、まことの父子だったとしても、五年もの歳月が経《た》っている。幼かったサキチが実父を覚えていようか。父親のほうも、わが子とわかるかどうか」

過酷な目にあってきた。身軽でなければ芸はできない。ろくに食事も与えられなかったというから、大店の坊ちゃまだったときとは風貌も様変わりしているはずである。

「どうなさるおつもりですか」

「堀口どのに頼まれたのだ。とりあえず様子を見てきてくれと……」

結寿どのはどう思うかと訊《き》かれて、結寿は首をかしげた。サキチはめったに口を利かないし、喜怒哀楽を見せることもない。つまり、なにを考えているのかわからない。

けれどヤチの話によると、連れられてきた当初は泣いてばかりいたらしい。家へ帰りたくて、親が恋しくて泣いていたのだろう。幼い子供が自分の感情に蓋《ふた》をしてしまわなければ生きていけないほど、それは悲痛な出来事で、それからの歳月も耐え難い毎日だったということだ。

「どうなるにせよ……たとえ覚えていようがいまいが、一刻も早《はよ》う会わせてやったほうがよいとわたくしは思います。長い年月を無駄にしてしまったのです。ぜひともそうなさるよう、お伝えください」

「伝えよう。堀口どのによると、大店が人手に渡ったあとはしばらく転々として、今は浅草で小間物を売る店を構えているらしい。が、商いにはあまり身が入っていないのか、閉めていることのほうが多いようで……」

いまだに行方知れずの息子を捜し歩いているという。

「それでしたらなおのこと」

「それゆえにこそ、よう確かめてから、と堀口どのは思われたのだろう」

人違いしてまたもや落胆、となれば、打撃は計り知れない。

「そうだとしましても、このままにはしておけませんよ。もしわが子なら、どんなにおよろこびになるか……」

結寿は、香苗を見つけたときの天にも昇る歓喜を思い出していた。小さく温かく、小刻みにふるえていた愛《いと》しい体を抱きしめたあのとき……。そして同時にあの、二度と会えないのではないかと案じていたときの恐怖、息苦しいほどの焦燥も。

「突然わが子を失い、安否を気づかいながら亡《の》うなられた母さまの無念を思うと……ほんに許せません、あの二人……」

「与吉には遠島《えんとう》の沙汰《さた》が下った」

「おりゅうは？」

「おりゅうは……おりゅうはそれでは済むまい。昔、人を殺《あや》めている。しかも逃亡して、またも悪行を重ねた」

死罪になる可能性もあると言われて、結寿は背筋が凍った。憎い罪人である。断じて許せないと今の今まで怨《うら》んでいたが――。

結寿の表情が陰ったのを見て、道三郎も眉を曇らせた。

「おりゅうは実の親に売られ、これでもかと悲惨な目にあってきたらしい。芝居小屋で下働きをしていたまだ十代半ばのころに役者の子を孕《はら》んだそうでの、無理やり水にさせられ、それがもとで子が産めない体になってしまったとか。そのあとも不運つづきで……」

「人を殺めたというのは……」

「無体をされて腹を立てたようだ。相手はわるい噂の絶えない地回りで、まあ、そんなこともあって死罪は免れた。入れ墨の仕置きをされ、石川島の人足寄場《にんそくよせば》へ送られるはずだったが、仮病をつかって逃亡した」

小石川養生所へ送られ、そこへ出入りしていた与吉が逃亡の手引きをしたらしい。二人が江戸を出たとの噂は聞こえてきたものの、これまで消息は杳《よう》として知れなかった。

「さようでしたか……」

結寿は暗澹《あんたん》たる思いに沈んでいた。おりゅうのしたことは許されるものではなかったが、それはおりゅう一人のせいだろうか。生まれてこのかた、だれかに愛され、腹いっぱい食べて安眠する――そんな平穏な暮らしを、おりゅうはしたことがなかったのだろう。

「おりゅうさんは、なんのために生まれてきたのでしょう……」

苦しむためだけに生まれてきたのだとしたら、なんという不運な人生か。といって、今となっては、どうしてやることもできない。

「おりゅうのことは、子供たちには言わぬほうがよい。嫌っていたとしても、何年も一緒に旅をしてきたのだ、それなりに情は移っていよう。江戸ではないどこかで生きていると言ってやったほうが心を乱さずにすむ」

「わかりました。そういたします」

二人は話しながら、出口のほうではなく、社殿の裏手のほうへ申し合わせたように歩いていった。雑木林の向こうは馬場だ。小山田家へ嫁ぐ前、二人はよくここで落ち合い、互いの思いを語り合ったものだった。嫁いだあとは当然、二人で逢うこともなくなった。が、結寿自身は、香苗を産んでから夫が死去するまでの短い月日を、この馬場丁稲荷の近くの小山田家の役宅ですごした。それもあって、稲荷は生前の夫とまだ赤子だった娘との貴重な思い出の場にもなっている。それから歳月が流れ、今ここでまた、こうして道三郎と話している——そのことがふしぎな巡り合わせに思えてならない。

とはいえ、少し前まで感じていた亡き夫に対するうしろめたさは、今はもう消えていた。夫の忘れ形見でもある娘を、道三郎が助けだしてくれたからだ。

結寿は、香苗が行方知れずになったあの騒動のあと、自分が変わったような気がしていた。大切なものはなにか。もちろん娘だ。が、だからといって、自分独りで、肩肘を張って娘を守ろうとすることが、果たして正しいのかどうか。そもそも、そんなことができるのだろうか。

あのとき、皆が駆けつけてくれた。心を合わせて駆けまわってくれたおかげで、香苗はサキチとおなじ宿命《さだめ》をたどらずにすんだ。とりわけ、道三郎と彦太郎《ひこたろう》父子の言葉にどれほど勇気づけられたか。彦太郎は言ったのだ、父も自分も香苗を「わが娘、わが妹」と思っている、命に代えても連れて帰る——と。大切なものを共に守ってくれる人がいるということは、なんとありがたく心強いか……。

「なにを考えているか、当ててみようか」

ふいに、道三郎が話しかけてきた。

結寿は目をしばたたく。

「あら、なんですの」

「おりゅうのことだろう。おりゅうに、もし、一度でも幸せな思い出があったら、もう少しちがっていたのではないか……と。ちがうか」

ちがいます、と笑おうとして、結寿は真顔になった。道三郎が言おうとしていることは、もしかしたら、自分が考えていることとおなじかもしれない。

道三郎は柵に両腕をのせて馬場を眺めている。青々とした馬場で、数頭の馬が草を食《は》んでいた。

「そうかもしれませんね」

結寿がうなずくと、道三郎はうれしそうに目を細めた。

「だれもおなじだろうが、おれも、苦しくてやりきれなくなったとき、思い出していた。狸穴坂ではじめて出会ったときのことや、ここで、こうして、馬場を眺めたことを……。おかげで救われた」

「それはわたくしも……」

言いかけて、口ごもる。自分がなにを言ってしまうか、先走ってしまいそうでにわかに不安になる。道三郎には感謝していた、頼りにしている、昔のように話ができて心から幸せだと思っている、自分の気持ちはあのころと変わらない、だけど――。

今の二人は、あのころの二人ではなかった。それもまた現実だ。

結寿はきびすを返した。

「帰りがけに、今一度、拝んでいきましょう。今度はおりゅうさんのために」

二

道三郎と約束をしたこともあったが、子供たちの動揺を案じて、結寿は与吉とおりゅうの話を一切しないようにしていた。

ところが、噂は止めようがなかった。

「小母《おば》さま。ちょっと話があるんだけど」

ヤチに思いつめた顔で声をかけられたのは数日後のことだ。ヤチが結寿を「小母さま」と呼ぶようになったのは、大家の女房ていの根気よい指導の賜物である。

「なんですか。突っ立っていないでお座りなさい」

ヤチは窮屈そうに膝をそろえて座ると、吊り気味の艶《つや》やかな目で結寿を見つめた。

「親方と姐《ねえ》さんはどうなるんだい。ヨウマの話じゃ、親方は遠島だけど、姐さんは死罪になるって……。死罪ってのは打ち首だろ。ほんと？　ほんとに姐さんは打ち首になるの？」

結寿は一瞬、言葉につまった。それが返事の代わりになってしまったようだ。

「やっぱり、ほんとなんだね。姐さんは打ち首になるんだね」

「まだ、決まったわけではありません」

「だけど、なるんだ。みんな、そう言ってるって。それを聞いてヨウマはおかしくなっちゃった。夜も眠れなくって、おまんまだって喉をとおらない」

「あなたたちはおりゅうさんからずいぶん酷《ひど》い目にあったと聞きました」

「そうだけど……ヨウマはいちばん長く一緒にいたんだ。それに、あいつは捨て子だった。姐さんに拾われなきゃ、野垂れ死にしてたかもしれない」

ヤチの言うとおりだろう。何年も一緒に暮らしていたのだ。共に旅をしてきた。たとえ過酷な日々であっても、その合間にはふざけたり笑ったり、心を通わせる瞬間がまったくなかったとは思えない。とりわけヨウマははじめての拾い子だ。それなりに大切にされていたのかもしれないし、おりゅうに拾われるまでのヨウマがもっと飢えた暮らしをしていたとしたら、多少の恩は感じているはずだ。

「平気な顔をしていられないのは当然ですね。なぐさめになるかどうかわかりませんが、わたくしからヨウマどのに話をしてみましょう」

結寿が言うと、ヤチは首を横にふった。

「そうじゃないんだってば。話なんかしたってしかたがないサ。それよりお役人さまに頼んで、あいつを姐さんに会わせてやってほしいんだ」

ヤチはそのために、結寿に頼みにきたという。道三郎なら会わせてくれると思っているらしい。

「それは、どうでしょう」

結寿は当惑した。おりゅうは死罪になるかもしれないという重罪人である。小伝馬町《こでんま》の牢屋敷の女牢へ入れられているのはまちがいないとして、果たして面会が許されるものか。万にひとつ許されたとして、おそらく見る影もないほどやつれているであろうおりゅうに、大人になりきらない、人一倍繊細な心を持つヨウマを面会させてよいものか。

「頼んでみましょう。なれど、面会が許されるかどうかはわかりません」

「だったら……もしだめなら、姐さんの好物をとどけてやるだけでもいいや。死罪になる前に、ひと口でも食べさせてやりたいんだって。そうすりゃ、ヨウマの気持ちを伝えられるし、ヨウマだって少しはましになる」

「そうですね。そのくらいなら……。ともかく訊いてみましょう。それまでは気をしっかりもって、きちんと働くようにと……あなたからも励ましてやってください」

ヤチとちがってヨウマは従順で口答えをしないので、奉公先での評判もまずまずのようだ。読み書き算盤《そろばん》なども教えてもらっているようだから、そのうち手代になれる日も来るかもしれない。せっかくつかみかけた幸運に影を落とすのは忍びなかった。

「よくよく言ってやってくださいね。辛《つら》いのはわかりますが、今は耐えることだと」

ヤチは「はい」と答えた。ヤチらしくない神妙な顔だった。

そうとなれば早いほうがよい。

結寿は百介を供に連れて、八丁堀へ出かけることにした。

結寿を迎えたのは、道三郎ではなく、たまたま家にいた彦太郎だった。

「父は相変わらず飛びまわっていて……すみません」

お江戸は八百八町と言われるほど広い。が、町方同心の数は少ない。臨時廻りの道三郎がしょっちゅう駆りだされているのは、今にはじまったことではなかった。見習いの彦太郎もこのあと奉行所へ出かけるという。

「まだ大丈夫です。結寿どのが訪ねてくださるなんてめったにないことですから、どうぞ上がってください」

めったにどころか、結寿は、大火のあとで建て直したこの組屋敷へまだ訪れたことがなかった。結寿が小山田家へ嫁いだあと、彦太郎を男手ひとつで育てていた道三郎も後妻を迎えた。が、火事で大怪我をした妻女は実家へ帰り、結局は離縁になってしまった。

今は小者の他、下僕が煮炊きや掃除をしているという。なるほど、男所帯は雑然として居心地がよいとは言いがたい。

「父も拙者も、ろくに家にいないので……」

照れくさそうに言いながら、彦太郎は古ぼけた座布団を勧めた。

「香苗どのはどうしていますか」

「けろりとしています。あんなことがあったなんて、もう忘れてしまったようですよ」

「ははは。それはよかった。母親ゆずりですね、肝が据わっている」

「誉め言葉と思うことにしましょう」

結寿も笑みを返している。「ところで……」と表情をあらため、道三郎への伝言を託した。

「彦太郎どのはどう思われますか」

「子供たちをおりゅうに会わせるのは、おそらく……」

彦太郎は首を横にふる。

「わたくしも無理だろうとは思いました。そもそも牢屋敷へ連れてゆくのもどうかしら、と。一生、目に焼き付いて、苦しむやもしれません」

「でなければ最後に好物を、というのですね。物にもよりますが、差し入れだけならなんとかできるかもしれません。父を煩わせなくても、見習い仲間が牢にもいますから」

訊いてみると言われて、結寿は胸を撫《な》で下ろした。

「おりゅうさんはきっと、子供たちと旅をしたときの愉しかった出来事を思い出すでしょう。束の間であれ、自分を気にかけてくれる子供がいたことに、少なからぬ幸福を感じるはずです」

「そうですね。だれかが自分を気にかけていてくれる……それがいちばん幸せなことかもしれません。いや、もっと幸せなのは、お互いがお互いを気にかけている、そのことに気づいて共に一歩踏みだすことではありませんか」

彦太郎は結寿の目を見つめる。

「一歩踏みだす……」

「父は、いつだって、結寿どののことばかり気にかけています」

結寿は心底驚いた。まさか、今ここで、彦太郎からそんな話をされようとは思わなかった。なんと応えてよいかわからず当惑していると、彦太郎はにこりと笑った。

「すみません。つい、勝手なことを……。さてと、拙者はそろそろ出かけなければなりません」

「では、わたくしも」

彦太郎につづいて腰を上げようとすると、彦太郎は片手を上げて押しとどめた。

「おりゅうのことで恩を着せるわけではありませんが、もし少しでもお時間があるようでしたら、家の中を片づけてもらえませんか。父の座敷は書物があふれて埃《ほこり》だらけですし、台所には捨てるべき物がちらばっています」

結寿はまたもや驚いた。はじめて訪ねた家である。なにをどうしたらよいか……ためらったものの、驚きがしずまるにつれて胸がはずんできた。

「勝手に片づけて、お父上に叱られませんか」

「よろこびますよ。武骨者ばかりで収拾がつかなくて……」

「承知いたしました。百介と二人で見ちがえるようにしてさしあげます」

彦太郎を送りだすや、結寿はしごきを引き抜いて襷掛《たすきが》けをした。

「百介ッ。うたた寝などしている場合ではありませんよ。手を貸しておくれ」

三

彦太郎からの知らせを結寿のもとへとどけてきたのは、ゆすら庵の傳蔵《でんぞう》・てい夫婦の次男の小《こ》源太《げんた》だった。道三郎に心酔している小源太は、町方のお手先よろしく捕り物に熱中している。

「明日、牢屋敷の入口まで持ってくるようにってサ」

「まあ、お許しが出たのですね」

おりゅうへの差し入れである。彦太郎の話では、正式な許可ではないものの、先日話していた同輩が上役にかけあってくれて、「まあ、子供からの差し入れならいいだろう」ということになったのだとか。結寿は思わず両手を合わせた。

「明日ですね。でしたらすぐに知らせなければ」

「ヤチにはもう話した。あいつ、ヨウマのとこへすっ飛んでった」

「おりゅうさんの好物を用意するのでしょう。なんなのかしら」

「そんなことより、ヤチのやつ、いつまでウチにいるんだろう」

「ヤチさんがどうかしましたか」

「自分の家でもないのに大きな顔をしてるんだ。兄ちゃんなんか、顎でつかわれてる。それなのに文句を言うどころか、へいへいいって言うなりだ」

小源太はくちびるを尖《とが》らせた。

結寿は頰をゆるめる。

「弥之吉《やのきち》さんはやさしい人ですもの、ヤチさんのことがよくわかっているのでしょう。口はわるいけれど懸命に働いてるってことが……」

「ふん。まあいいや。明日はおいらが牢屋敷へとどけることになってるんだ。午《ひる》には取りにくるから、姉ちゃんからも言っといてくれ」

「承知しました。小源太ちゃんがとどけてくれるのなら安心です」

よろしくと頭を下げると、小源太はうれしそうな顔をした。なんといっても結寿は憧れの人、身分はちがえど姉とも慕う女性である。頼りにされるのが誇らしいのだろう。

小源太は、他にも用事を頼まれているので彦太郎のところへもどる、と言ったところで、言おうか言うまいかとためらう素振りをした。

「あのサ、妻木の旦那んちへ顔を出したら、なんだか妙なんだ」

「妙？」

「どこもかしこもきれいに片づいてて、塵《ちり》ひとつ落ちてないんだ。彦坊ちゃまにそれとなく訊いたら女の人が来たらしい。姉ちゃん。ぐずぐずしてると、また旦那をだれかにとられちゃうよ」

「小源太ちゃんッ。よけいな心配はいいから、早くお行きなさいッ」

結寿ににらまれて小源太は駆け去る。


おりゅうの好物は粽《ちまき》だった。子供のころ、どこかもらわれていった先で粽を食べた記憶があるそうで、その家にいた短いあいだだけが、おりゅうにとって平穏な時代であったらしい。

翌朝、ヤチは早起きをして粽をつくった。つくり方はていに教えてもらったというが、おりゅうにとどけるぶんは一切ていにも手をふれさせず、台所からも追いだして、糯米《もちごめ》を笹の葉で巻くのもそれを蒸すのも独りで仕上げたのだとか。

「ヨウマに言われたんだ。おまえが、心をこめてつくってやれって」

差し入れは目立たないように小さく、と命じられていた。紙に包んだたったひとつの粽を、ヤチはこの世の宝ででもあるかのように捧げ持ってきて、結寿に託した。「お願いします」と殊勝な顔で頭を下げる。

「ヨウマからだと言っておくれね。姐さんはヨウマが好きだったから」

「わかりました。お二人のお気持ちのこもった粽、これを召しあがれば、おりゅうさんもきっとうれし涙を流しましょう」

早くも涙声で言う結寿とは裏腹に、ヤチは疑わしげに目をしばたたいただけだった。が、ともあれ、これでヨウマとヤチのおりゅうへの思いにけりがついて、平静な日々がもどってくるなら、この粽は十二分な働きをしたことになる。

まだ仄《ほの》かに温かい包みを手のひらにのせて、人を殺め子供を攫った非道な女にもこのぬくもりが伝わりますように……と、結寿は祈った。おりゅうの人生で数少ない幸せな思い出のひとつにこの粽がなるなら、どんなにうれしいか。

粽は小源太の手に託された。

おりゅうが粽を食べるときの様子を知りたかったが、その一方で、おりゅうのことはもう忘れたほうがいい、とも思った。いや、忘れるべきだろう。

「彦太郎どのに、くれぐれもお礼を申し上げていたと伝えて下さいね。子供たちもこれで、思い残すことはないでしょう」

「合点承知」

ところが翌朝、彦太郎が血相を変えて飛んできた。

「死んだッ。死罪になったのですかッ」

「いや、ちがいます。牢の中で冷たくなっていたそうで……」

どういうことだろう。よりによって、粽を差し入れた翌朝に死んでしまうとは——。

結寿の血の気の失せた顔を見て、彦太郎も憂慮の色を浮《う》かべた。

「おりゅうさんはここ数日、一段とやつれて、体を動かすのも億劫な様子だったそうです。ですから衰弱して死んだ、ということなのでしょう。ですが、こうなると、あれこれ調べられるかもしれない。もし、差し入れの話が知れ渡ったら……」

正式な許可がないだけに、面倒なことにもなりかねない。

「なれど、差し入れといっても、子供たちが粽をひとつとどけただけで……」

「むろん杞憂《きゆう》だと思います。思いますが……。子供たちのところへ、だれかが訊きにくることもありうる。万が一、死因に不審なところがあれば……」

おりゅうの死の知らせだけでも二人は動揺するはずである。あらかじめ話をしておいてくれと言われて、結寿はうなずいた。

「彦太郎どの。申しわけありません。わたくしが厄介なことをお願いしたばかりに、彦太郎どのにもご同輩にも、上役の方にまでご迷惑をおかけしてしまいました。なんとお詫《わ》びをしたらよいか……」

「結寿どののせいではありません。それに、まだなにもわかったわけではないのです。驚いた同輩が、あわてて知らせてくれただけですから」

彦太郎は今から小伝馬町へ行ってみるという。不審な点がなければよいが、なにかあったとき、差し入れが問題にならぬともかぎらない。その場にいれば、あらぬ疑いをかけられないよう説明ができる。

「このこと、お父上には？」

「話していません。おりゅうのことですから、そろそろ耳に入るころかと……」

息子が勝手なことをした。しかもそのことを黙っていた。叱られるのはまちがいなさそうだ。それが自分のせいだと思うと結寿の胸は痛む。が、今はまずヤチとヨウマを呼んで話をしなければならない。

百介にヨウマを呼びにゆかせることにした。

結寿は彦太郎を送りだしたその足で、ヤチを呼びにゆく。


驚天動地とは、まさにこのこと。

おりゅうの死を知らせたとたん、ヨウマは泣き崩れた。

結寿はあっけにとられた。他の三人ほどにはおりゅうを嫌っていなかったようだし、それなりに親しみを感じていたのかもしれないが、それにしても、泣き崩れる、という悲しみ方が尋常とは思えない。

しかも泣きじゃくりながら、ヨウマは奇妙なことをつぶやいた。

「まさか、死ぬなんて……そんなつもりはなかったんだ。ただ、前みたいに、ほんとうに、前はそれで助かったって、聞いたから……」

「泣いていないで話してください。どういうことですか」

「おいらはただ、病になれば養生所へ送られて、それで、そうすれば、もしかしたら助かるかもしれないって思ったから……」

おりゅうは以前、人を殺めて入牢した際、病に罹《かか》ったふりをして小石川養生所へ送られた。そこで与吉と出会い、まんまと逃亡した。ヨウマはその話を聞いていたらしい。

結寿の顔がひきつった。

「粽に、なにか、入れたのですか」

ヨウマは身をちぢめた。

「毒消丸《どくけしがん》。量をまちがえるなって、番頭さんがいつも言ってるから。余分に呑《の》むと酷いことになって、死にはしないけど、七転八倒するぞ、と」

それでも打ち首になるよりはよいと思ったという。病なら治ることもあるが、死ねばお終いだ。

「それで、店から持ちだして、ヤチさんに渡し、粽の中へ練りこんだのですね。それも少なからず……」

結寿はヤチに目を向けた。が、驚くのはそれで終わりではなかった。ヤチはもぞもぞと尻を動かしている。

「ヤチさん……」

　すると突然、「ごめんなさいッ」とヤチが両手をついた。

「ヨウマじゃないんだ。姐さんを死なせたのはあたい、あたいです」

「なんですって？」

　結寿は目をしばたたく。

「毒消丸を入れたのではないのですか。だったら、なにを……」

「鼠捕《ねずみと》りの薬を、入れました」

　結寿は絶句した。鼠捕りの薬は猛毒である。

「な、な、なぜ……どうして、そんなことを？」

「姐さんは、ああ見えて、すごく、怖がりなんだ。雷が鳴っただけでぶるぶるふるえるくらいで。で、入れ墨のときも、怖くて痛くて……あんな思いをするくらいなら死んだ方がましだって、言ってたから……」

「でも、鼠捕りの薬の入った粽を食べたら、死んでしまいますよ」

「鼠が死んでるのを見たんだ。ころっと死んでた。なにも知らずにころっと死んだほうが、姐さんも楽だと思ったんだ。だって、もし、打ち首になる、なんてわかったら……あたいは姐さんが大嫌いだったけど、ヨウマとちがってあんなやつ死んじゃえばいいと思ってたけど、だけど……打ち首なんて、そんなこと……あんまりだ」

　姐さんが可哀想だと言うヤチの頰にも涙が光っている。

結寿は言葉を失っていた。二人のしたことは恐ろしいことだ。もしかしたら、ほんとうにそのせいでおりゅうは死んでしまったのかもしれない。

けれど、この子たちが心の底からおりゅうに良かれと思ってしたこともたしかだった。してよいこととわるいことの区別が他の子供たちより曖昧だったとしたら、それは二人のせいではなく、だれも教える者のいなかった生い立ちによるものだろう。

おいらがやったとヨウマは泣いている。あんたのせいじゃないよとヤチはなぐさめている。

「二人とも……」と、結寿は居住まいを正した。

「よおくお聞きなさい。おりゅうさんは死にかけていたそうです。粽を食べて死んだとはかぎりませんし、仮にそうだとしても、それは少しだけ死期を早めたということです。だからもう泣かないで、おりゅうさんのご冥福を祈っておあげなさい」

そうは言っても、むろん、はいそうですかといかないのはわかっている。結寿は二人に、今日はここから出ないように、と命じた。彦太郎から詳しい知らせがきたとき——それより先に奉行所の役人が尋問にくることもあるわけで——自分がそばについていてやりたいと思ったからだ。たとえ罪に問われたとしても、自分が楯になってこの子たちを守ってやらなければ。なぜなら、この子たちも元はといえば香苗のような無垢《むく》な子供で……そう、香苗が旅芸人一座に加わっていたら、二人とおなじようになっていたかもしれないのだから……。

ろくに寝ていないという二人を休ませ、なにか食べさせてやるものはないかと結寿は台所へ入ってゆく。

四

「ねえ、ヤチ姉ちゃんの粽、美味《おい》しかった。またつくって」

香苗がヤチにねだるのを見て、結寿は内心ひやりとした。もっとも、皆で食べた粽は、ヤチがていに教えられながらつくったもので、おりゅうにとどけたものとはちがう。正真正銘、美味しい粽だ。

ヤチはそっけなかった。

「ヤだね。金輪際、粽はつくらない」

「どうして?」

「どうしても」と言ったところで、ヤチは表情をやわらげた。「今度はカナの好きなものをつくってやるよ」

「だったらねえ……おまんじゅう。あんこがたくさん入ったの」

「うん。わかった。てい小母さんに教えてもらうよ」

縁側には初秋の澄明な陽光があふれていた。少女たちが指を動かすたびに、綾取りの紐《ひも》がきらめく。

おりゅうの死は、衰弱によるものだった。おりゅうは半月ほど前から食を断ち、水さえほとんど口にしなかったというから、いつ息が絶えてもおかしくない状態だったのだ。

では粽は——。

彦太郎はあの日、地獄から生還したような顔で経緯《いきさつ》を話しにきた。

「おりゅうは食べなかったのです」

獄衣のふところから、笹の葉に包まれた手つかずの粽が出てきたという。牢内の女が「なぜ食べないのか」と訊《たず》ねたところ、「これは宝物だから」と答えたそうだ。「だけど腐っちまうよ」「そしたら厠《かわや》へ捨てるサ。いいかい、ちゃんと覚えておくれよ。あたしは、粽を、食べなかったって」……何度も約束をさせたという。

「おりゅうは気づいていたのでしょう。子供たちがなぜ粽を差し入れたのか。知っていたから食べなかった。死にたくなかったのではなく、子供たちが罪に問われてはいけないと思ったから」

結寿もうなずいた。

「おりゅうさんにも、子供たちを思いやる心があったのですね」

「自分がこんなにすぐに死ぬとは思わなかったから、腐ったら捨てるつもりでいたんだろう。いつだって捨てられる。捨ててしまえば子供たちを疑う者はいない」

「ほんのしばらく、ふところへ入れておいて、子供たちのことを偲《しの》んでいたかったのでしょう」

いずれにしろ、食べてもいない粽に疑いの目を向ける者はいなかった。速やかに破棄され、おりゅうの亡骸《なきがら》は衰弱死ということで運びだされた。浅草の無縁墓地へ葬られることになるという。

結寿はヨウマとヤチに知らせた。おりゅうの死が粽のせいではないとわかって、さすがに二人とも安堵したようだ。おりゅうが死ぬことを想定して毒を盛ったヤチでさえも、ほんとうのところは恐ろしくてたまらなかったようだ。後悔の念に苛《さいな》まれていたらしい。

「姐さんは打ち首にならずにすんだんだね。怖がらなくてもいいんだね」

「今はもう逃げまわることもありません。安らかに眠っていますよ」

ヨウマについてはもうひとつ、しなければならないことがあった。百介を連れて坂下町の薬問屋へ行き、結寿は主人に、ヨウマが毒消丸を勝手に持ちだしたことを詫びた。

「へい。あっしがいけねえんで。急病だからと、人がいなかったんでこいつに無理やり持ってこさせて……動転していたものでうっかりお代を渡すのを忘れちまいました」

百介がひねりだした言い訳と、結寿が持参した菓子折、それに過分の代金が功を奏したか、ヨウマは何事もなく奉公先へ帰ることができた。

そんなわけで、おりゅうの一件は幕を閉じた。不運つづきの女の壮絶な人生の終焉と共に……。けれど、おりゅう自身の悲劇は終わっても、おりゅうによってもたらされた悲劇がすべて落着したわけではない。

裏の空き地から、トビマルの声が聞こえていた。幸左衛門の叱咤激励も聞こえる。サキチと百介もそばにいるはずで、トビマルとサキチは幸左衛門から捕り方指南をうけているところだった。捕り方指南より素読《そどく》の練習を……と結寿は思うのだが、子供たち以上に幸左衛門がじっと座っていられないのだ。

あの子たちの身の振り方を考えてやらなければ――。

その前にサキチは、実父かもしれない男と会うことになっていた。明日か明後日か。結寿は道三郎からの呼び出しを待っている。

「早う、いらしてください」

そう願うのは、サキチのためだけではなかった。

結寿自身が道三郎に逢いたいからだ。

五

蓼《たで》の花の咲く道を、結寿は道三郎と歩いていた。

二人のあいだにはサキチがいて、遅れがちになりながらも懸命についてこようとしている。

「おぶってやろうか」と道三郎がしゃがんで背中を向けても、サキチは頑《かたく》なに首を横にふる。旅芸人の一座に連れまわされていた子供だから、遅れることはあっても音《ね》を上げることはない。

結寿はサキチを、会わせたい人がいる、と言って連れだした。詳しい説明はしていない。むろん父親かもしれないとは教えていない。確証がなかったし、たとえ実父だったとしても安心して託せるかどうかは会ってみなければわからない。そもそも生き別れた父親と再会したときにサキチがどんな反応を示すか、そこからしてわからなかった。喜怒哀楽を表すことのない子供である。

「お、迎えがおるぞ。おーい」

道三郎が大きく手をふった。道の先で、堀口勇之進が一行を待ちかまえている。

「おう、来たか」

「そっちは？」

「落ち着かぬようだ」

堀口は結寿と挨拶を交わし、サキチの頭に手を置いた。

「歩きとおしたか。大したもんだの」

サキチは少しばかりひるんだようだった。心細そうに結寿の顔を見上げる。

「また、火をくぐらなくちゃ、ならないの？」

結寿は面食らった。サキチの声を聞いたのも久々だったが、とっさにサキチが訊ねた意味がわからなかったのだ。すぐに気づいた。

「いいえ。そんなことはありませんよ。二度と、火をくぐることも、荷車を押して旅をすることもありません」

サキチはまた旅の一座に売られてゆくと思ったのだ。でなければ、もらわれてゆくと。見ず知らずの家にいつまでも置いてもらえるはずがない。芸を見せたり雑用をこなしたり、そんなこともしないでのうのうと暮らしていけるはずがないと思っているのだ。

大店の子供のままでいたなら、そのようなことで思い悩む必要はなかったのに——。

「サキチちゃん。行きたくなければ、どこへも行かなくてよいのですよ」

思いがあふれて、結寿は膝を折り、サキチの体を抱き寄せた。サキチは当惑したようにされるがままになっている。

「サキチちゃんに会いたいというお人がいると言ったでしょう。こうして会いにきたのは、サキチちゃんが幼いころのことを思い出すかもしれないと考えたからです。あなたをね、どこかへやろうというのではありません。ありませんとも。サキチちゃんはずっと、あの家でわたくしたちと暮らしていたっていいのです」

道三郎と堀口も困惑顔だった。が、よけいな口をはさもうとはせずに、黙って二人を見守っている。

「わかりましたね」と言ってサキチが半信半疑ながらもうなずくのを待ち、結寿はようやく腰を上げた。「さあ、参りましょう」

結寿はサキチの手をしっかりと握る。しばらく行くと、浅草の土手へさしかかる手前に数軒の小店が並んでいるのが見えた。吉原や芝居町へ出向く客が、なにかちょっと忘れたものなどを買いそろえるためにあるような、下駄屋や提灯《ちょうちん》屋、小間物屋といった店である。

菅笠《すげがさ》や蓑《みの》、草鞋《わらじ》などが並ぶ店の前に、四十になるかならずと見える男が立っていた。片手のひらを目の上に掲げてこちらを眺めている。

「あれが、元は上総《かずさ》屋の若旦那だった吉兵衛《きちべえ》で……」

堀口が説明をはじめようとしたときだ。吉兵衛がうわッと大声をあげた。

「才吉《さいきち》だッ。おおおお、才吉ッ、才吉ッ、才吉ーッ」

両腕をふりまわしながら駆けてくる。

すると、茫然《ぼうぜん》と見つめていたサキチが、おもむろに結寿の手をもぎ離した。

「お父《と》っちゃんッ」

六つのときに生き別れになった父親である。風貌も声もはっきり覚えているとは思えない。けれど、吉兵衛のなにかがサキチの記憶をよみがえらせたのだろう。もしかしたらそれは、吉兵衛の気迫――わが子を見つけだすことだけに費やした歳月が与えてくれたふしぎな力――だったかもしれない。

サキチは――才吉は――吉兵衛の胸に飛びこんだ。吉兵衛は顔をぐちゃぐちゃにして泣いている。もう二度と離してなるものか、とでもいうようにわが子の体を抱きしめた。

「こんなにうれしいことが待っているとは思いませんでした」

結寿はかたわらを歩く道三郎に笑顔を向けた。

サキチは吉兵衛に託した。少し親子と話していくという堀口を残し、帰路は二人である。

「吉兵衛の思いが通じたのだ。いや、今は亡き母親が二人を引き合わせてくれたような気さえする」

「生きていらしたら、どんなによろこばれたか。それだけが悔やまれます」

サキチと吉兵衛は、早くも、ずっと一緒に暮らしてきた父子のように打ち解けていた。なにより驚いたのは、サキチが自分から話をするようになったことだ。

「カナどのに謝ってください。なにも言わずに来ちゃったから。トビマルにも」

別れ際、サキチは結寿に「ありがとう」と言った。

堀口も晴れ晴れとした顔だった。自分の力が足りなかったせいで才吉を見つけることができなかった。この五年間、そのことがずっと胸の重石《おもし》になっていたのだろう。これでやっと憂いが消えた。

「皆、身の振り方が決まったの。おっと、トビマルはまだか」

「あの子には当分、家にいてもらおうと思っています。あの子までいなくなってしまったら、お祖父さまがお寂しゅうなられますもの。子供相手に捕り方指南をするくらいが、今のお祖父さまにはちょうどよいかと……」

「それはよい。結寿どのも肩の荷を下ろしたの。もっとも小源太は不服そうだったぞ。ヤチに店を乗っ取られるのではないかと案じておるらしい」

二人は笑った。

「ほんとうに、そうなるかもしれませんよ。あの娘はなんでも器用にこなしますし、気丈で物怖じしません。弥之吉ちゃんのお尻を叩いて、店を繁盛させるかも。といっても、まだ十二ですからずっと先のことですけど……」

神田をこえて日本橋へさしかかる。道三郎は呉服橋御門内にある奉行所にも、八丁堀の組屋敷へも帰ろうとはしなかった。

「よろしいのですか。ご多忙なのでしょう」

「今日はそのつもりで出てきたのだ。結寿どのを独りで帰すわけにはゆかぬ」

「送っていただけるとはうれしいこと」

「それに、まだ礼を言っておらぬし……」

「礼？」

「家を片づけてもらった」

まあ……と、結寿は忍び笑いをもらした。あれはおりゅうへの差し入れの一件があったときだった。というより、差し入れの許可を得ようと八丁堀の妻木家へ行った際、彦太郎から家の掃除を頼まれたのだ。

「すみません。勝手なことをいたしました。掃除も、差し入れのことも……」

「いや、掃除はむろん、差し入れも、こちらこそ礼を言わねばならぬ」

「あら、てっきり彦太郎どのをお叱りになったとばかり……」

「叱られなくても、あいつは十分に肝を冷やしたろう。そうやって、ひとつひとつ学んでゆくのだ。自分になにができるのか、どこまでなら許されるのか」

では、道三郎は息子を叱らなかったのだ。あのあと今日まで、道三郎と逢う機会がなかった。彦太郎にも訊きそびれてしまった。結寿は気にしていたのだが――。

「彦太郎どのはご立派になられましたね」

「結寿どののためにできることがあるとわかって、舞い上がってしまったのだろう。あいつは結寿どののことを気にかけておる」

父子はおなじようなことを思い、口にするものらしい。

「彦太郎どのこそ、いつもお父上のことをお気にかけておられますよ」

「うるそうてかなわぬ。お役目に追われるのはよいが、今少し己のことも考えろ……とかなんとか。まるで小姑《こじゅうと》のようだ」

結寿は笑った。

二人は尾張町をこえ、増上寺《ぞうじょうじ》の手前を右手に折れて、榎坂《えのきざか》から飯倉《いいぐら》の大通りへ入る。狸穴坂の入口で足を止めた。

「また、結寿どのと、この坂を下る日がくるとは思わなんだ」

道三郎は感慨をこめてつぶやいた。

「わたくしも……」と返して、結寿は眼下にひろがる麻布の景色を見つめる。「あれから、いろいろなことがありました」

別れると決めたあと、二人で最後に歩いたのもこの坂だった。

人がやっとすれちがえるほどの狸穴坂は、勾配が急で、片側が切り落としになっている。下りきったところは狸穴町の辻で、左手にはゆすら庵の裏の山桜桃《ゆすらうめ》の木が、正面につづく麻布十番の通りを行けば馬場丁稲荷の境内の大銀杏《おおいちょう》、そして右手の永坂には春になると見事な花をつける桜の大木が見える。十番の通りの先には青々とした馬場と、豊かな水を湛《たた》えた掘割がつづいている。坂の多い麻布のそこここには、寺社の甍《いらか》と武家屋敷の瓦屋根が、柔らかな陽光を浴びて銀色にきらめいていた。

道三郎にうながされて、結寿は狸穴坂を下る。

ムジナの碑が見えてきたところで、二人はもう一度足を止めた。

「はじめて結寿どのと出会ったのはこのあたりだったか」

「百介は道三郎さまを大ムジナと勘ちがいしたようです」

「藪陰《やぶかげ》を這《は》いまわって、ムジナの穴を探しておったからの」

「ムジナさまさまですね。二人を引き合わせてくれたのですから」

赤蜻蛉《あかとんぼ》が飛び交う中、寄りそって碑を眺める。

「あのころはまだ、なかった」

「ええ。この碑が建てられたのは、ムジナたちがあの世からツキエどのを捜しにやってきた、あのあとですから……」

「小山田家に養われていたご老女がツキエどのだった、という……」

「わたくしはそう信じています。ムジナたちは愛しいツキエどのを捜しだし、この狸穴坂から一緒に月へ帰っていったのでしょう。お心寂しいお婆《ばぁ》さまでしたから、今はご家族にかこまれて、きっとお幸せに暮らしておられますよ」

結寿は碑から離れて、坂を下ろうとした。

道三郎はその前に立ちはだかった。真剣な、けれど温かなまなざしで、じっと結寿の眸《ひとみ》を見つめる。

「おれたちも、心寂しい思いをするのは、もうお終いにしないか。ムジナではないのだ、月でもあの世でもなく、今、ここで、おれは結寿どのと共に生きていきたい」

「道三郎さま……」

「ずいぶん待った。もういいだろう」

結寿は驚きのあまり声が出なかった。他でもない狸穴坂で、こんなふうに思いをうちあけられるとは予想だにしなかった。とはいえ、二人が互いの思いをたしかめあい、新たな一歩を踏みだすのに、この場所ほどふさわしいところはないような気もする。

「結寿どの……」

答えはむろん、ひとつしかなかった。

「うれしゅうございます。わたくしももう、自分の心を偽りとうありません」

結婚は家と家との決め事だ。家格がちがうから、二人が結ばれなかったのは当然だった。小山田家へ嫁ぎ、万之助《まんのすけ》の妻となって香苗を産んだことを、結寿は後悔していない。けれど――。

これからの身の振り方は、自分自身で決めたい。

「妻になってくれる、と?」

「はい。お祖父さまや……いえ、お祖父さまはおよろこびになりましょうが、実家や婚家と話をしなければなりません。それまでは、どうかご内密に」

道三郎はとたんに不安そうな顔になった。

結寿は笑みを浮かべる。

「ご安心ください。わたくしはもう、あのころのお嬢さまではありません。反対されたら、香苗を連れて八丁堀へ押しかけます」

「よう言うた。むろんそのときは、だれが奪い返しにこようとやっつけて追い返してやる」

二人は思いをこめて手を握り合う。

ここが往来でなければ、抱き合っていたはずだ。が、人影がないとはいえ、いつだれに見られるか。分別のある大人らしくふるまわなければならない。

手を放して歩きはじめてもなお、結寿の手のひらには道三郎の手のぬくもりが残っていた。

「かような日はもう来ないと思っていたが……」

道三郎が感無量といった顔でつぶやいた言葉が、結寿の胸を、これまで感じたことのなかった幸福感で満たしてゆく。

「結寿どの。約束を違《たが》えてはならぬぞ」

「道三郎さまこそ、そのお言葉、お忘れなきよう」

狸穴坂を下りきったところで道三郎はきびすを返した。後ろ姿が坂を上りきるまで見送る。

涼風が吹き抜けて頰の火照《ほて》りがおさまっても、結寿の胸のときめきは消えそうになかった。

嫁ぐ日

一

焙烙《ほうろく》で煎《い》られているのは銀杏《いちょう》の種子。堅い殻が焼けて鮮やかな緑の中身があらわれるのが手妻《てづま》のように見えるのか、香苗《かなえ》が丸い目でじっと結寿《ゆず》の手元を見つめている。

「だれが食べるの？」

「大祖父《おおじい》さまですよ。夕餉《ゆうげ》のおまんまにも入れましょうか」

「カナはいや。臭いもん」

「そうね、子供の口には合いませんね。でも精がつくのです。咳止《せきど》めにもなるのですよ。ほら、大祖父さまはこのところ、あまりお元気がないでしょう」

結寿は眉を曇らせた。祖父の幸左衛門《こうざえもん》は近ごろ、あそこが痛いここが痛い、どこへも出かけたくないと言っては家にこもってばかりいる。

「まことですか。ご隠居さまはどこか具合がおわるいのですか」

「いやいや。結寿嬢さまに出てゆかれたくないんで、仮病をつかっておられるんでサ」

秋から冬へ移ろおうという季節である。ゆすら庵《あん》の裏手の借家の居間では、結寿と香苗の母娘、それに妻木《つまき》彦《ひこ》太郎《たろう》の三人が、金網の上に焙烙をのせた火鉢をかこんでいた。縁側にはもう一人、口入屋《くちいれや》、ゆすら庵の主人で借家の大家、傳蔵《でんぞう》が腰をかけている。銀杏の実を持ってきたのはこの傳蔵で、腐った果肉から種子をとりだすのが臭くてたまらなかったと、指の臭《にお》いを嗅ぎながらまだ顔をしかめている。

「まことに仮病なのですか」

彦太郎に訊《き》かれて、結寿は苦笑する。

「さあ、そうならよいのですが……」

たしかに幸左衛門は、結寿が彦太郎の父、道三郎《みちさぶろう》と再婚をすると決めてから、にわかに体調不良を訴えるようになった。それも、はじめは腹痛だったのが食欲の秋になったとたん方向転換して腰痛やら頭痛やら……右足が痛いと言いながら左足を引きずったりもしているから、仮病を疑われるのも無理はない。

「困りましたね」と、彦太郎はうなじを掻《か》いた。「実は、いつになったら結寿どのと香苗どのが八丁堀へ来てくださるのか、それをうかがいとうて今日は訪ねてきたのです」

結寿と道三郎は昔、恋仲だった。が、火付盗賊改《ひつけとうぞくあらためかた》方与力《よりき》の娘と町方同心で息子までいる寡男《やもお》との恋が実るはずもなく、結寿は親の決めた御先手組《おさきてぐみ》与力の嫡男と結婚、道三郎も姉夫婦の勧める縁戚の女と再婚した。

二人の人生は、二度と重なり合うことはないはずだった。結寿は新たな暮らしになじもうと努力してきたし、未練はきっぱり棄てたつもりだった。けれど夫に先立たれた結寿と妻に離縁された道三郎は、ふしぎなめぐり合わせで再び心を通わせ、今度こそ生涯を共にする決意を固めた。

道三郎の妻となり、娘と共に八丁堀へ移り住むことになった結寿を表向きは祝福している幸左衛門だが、いざとなると可愛い孫娘と曾孫娘《ひまごむすめ》を手放すのが寂しいのか、なにやかやと心配事を持ちだしてくる。

「わたくしは本年中に……と、思うているのですが……」

結寿は言いよどんだ。実家はおなじ麻布《あざぶ》でも竜土《りゅうど》町の組屋敷内にある。が、結寿は長年、祖父とこの狸穴《まみあな》町の借家で暮らしてきた。婚家も近所だったので、嫁いでいたときも狸穴はわが庭のようなもので、祖父の様子を気にかけて足繁く行き来していた。それが、八丁堀となると……。

「仮病かどうかはともかく、お祖父さまはご高齢ですから、具合がわるいと言われて置いてゆくわけにもいきません」

結寿はため息をついた。

「なぁに、百介《ももすけ》さんがついてますサ。それにトビマルがいる。母屋にはあっしらもおりますし、なんならヤチをこっちに泊まらせたっていい。ああだこうだと他人《ひと》のことばかり考えてたら、ご自分の幸せを取り逃がしてしまいますよ」

傳蔵は案じ顔である。

百介は元幇間《ほうかん》で、今は幸左衛門の世話をしている。トビマルとヤチはつい最近、ひょんないきさつからゆすら庵に身を寄せることになった旅芸人一座の子供たちである。

「ヤチさんが世話を焼こうとするたびにお祖父さまの熱が上がる、と、百介がこぼしていましたよ」

結寿は忍び笑いをもらした。礼儀知らずではねっかえりの小娘は、偏屈な祖父の神経を逆なでするらしい。それでいて憎み合ってはいないようで、どちらもいっこうにへこたれず丁々発止とやり合っている。

「あいつにも困ったもんでサ。火盗《かとう》改方のご隠居さまと平気でぽんぽん言い合えるのは、お江戸広しといえどもあいつくらいのもんでしょう。ご隠居さまばかしじゃねえんで、ウチの小源太《こげんた》も、顔をつき合わせりゃ喧嘩ってな始末で……」

「おお、そうだ。小源太はどうしておる？　ここ数日顔を見ないが……」

彦太郎が口をはさんだ。小源太は傳蔵の次男だが、捕り物に夢中で、妻木家へ出入りして道三郎父子の手下《てか》をきどっている。といっても地元にはそれぞれ十手《じって》を預かる岡っ引がいるから、独りで勝手に動くわけにはいかない。

「そちらさんにいねえんなら、善福寺《ぜんぷくじ》の親分さんのとこに入りびたってるんでござんしょう。小源太のやつときたら、まったく、家にゃ寄りつきもしねえで……」

文句を言いながらも、傳蔵はまんざらでもなさそうな顔だった。口入屋は長男の弥之吉《やのきち》が跡を継ぐ気で店に出ているから、次男の小源太は自分で食い扶持《ぶち》を探さなければならない。子供のころから幸左衛門に仕込まれ、道三郎に憧れていた小源太は、敏捷《びんしょう》で利発、度胸もあるので道三郎・彦太郎父子に一目置かれ、大いに重宝されていた。それが誇らしいのか、傳蔵も小源太の好きにさせている。

「そうか。だったらこっちでなにかあったのかな」

彦太郎が首をかしげたとき、香苗があッと声をあげた。

「母さまッ。焦げてる」

「あら、ほんと。でも大丈夫ですよ。ほらね、中身はきれいでしょ。殻がむけたら香苗、大祖父さまのところへ持っていっておあげなさい」

「おれも行こう。結寿どのを早《はよ》うこちらへ寄こしてくださいと頼まなければ」

「では香苗、先に行って、お目覚めになったかどうか見てきてください」

はーいと元気のよい返事をして、香苗は小走りに駆けてゆく。

この日、百介はヤチとトビマルを連れて才吉《さいきち》の家へ出かけていた。才吉は実の父親と再会し、今は浅草で暮らしている。

「妻木さまがいらしてると聞いたら、ご隠居さまは狸《たぬき》寝入りをするんじゃござんせんかね」

「いいえ。彦太郎どのとわかったら、きっと仮病も忘れて飛び起きますよ。お祖父さまは彦太郎どのが大のお気に入りですもの」

「だったら希望がありそうだな。今日はなんとしても祝言の日取りを決めていただかなければ。父は遠慮して言えないのです、自分はもう二度も祝言を挙げているので」

「わたくしだって、今さらそんな晴れがましいことなど……」

「いや、そうはいきやせん。物事にはけじめってェもんがございます。ごく内々でいいから、きちんと祝言をお挙げにならなけりゃ……」

傳蔵が力をこめて言う。

「彦兄さまーッ。大祖父ちゃまが、なにをしてる、早うこっちへ来いって」

香苗の呼び声が聞こえた。

「おう、やったぞ」

彦太郎は結寿に目くばせをする。

「ね、言ったとおりでしょ。このところ宗仙《そうせん》先生もおみえにならないし、お祖父さまは退屈しておられるのです。相手をしてやってくださいな」

囲碁相手の弓削田《ゆげた》宗仙も近ごろ姿を見せない。

結寿は笑いながら彦太郎を送りだした。

焙烙の中では銀杏《ぎんなん》が躍っている。

二

「そんな、馬鹿な……」

言いかけて小源太は絶句した。下っ引の乙吉《おつきち》がお縄になったという。

一昨日《おととい》の早朝、麻布の東南にある古川町の質屋、繁盛屋《はんじょうや》の倅《せがれ》の良右衛門《りょうえもん》が一ノ橋から掘割へ転落して死んだ。溺死ではない。打ち所がわるかったか、石かなにか硬い物に頭をぶつけたのが致命傷になったようだ。酔っぱらっての朝帰りで、はじめは足をすべらせたのだろうとだれもが思った。が、橋の上で揉《も》み合う物音を聞いたという船頭があらわれ、となるとだれかに突き落とされたとも考えられる。良右衛門を突き落とした者がいなかったか、聞き込みがはじまった。

一昨日も昨日も進展はなかった。ところが今朝になって、乙吉が自ら名乗り出たのである。女物の紙入れが落ちていたとの噂が流れ、麻布界隈《かいわい》の町家を虱潰《しらみつぶ》しに探索するとの話が聞こえてきた矢先の出来事だった。

「そいつは妙だ。なんだって今ごろ……」

「本人がやったと言ってるんだ。しょうがあるめえ」

岡っ引の作五郎《さくごろう》は憔悴《しょうすい》しきった顔を上げ、血走った目で小源太をにらみつけた。長煙管《ながキセル》を持つ指がふるえている。

おなじ麻布でも、作五郎の家は古川町の北の善福寺町にあった。作五郎は「善福寺の親分」と呼ばれている。

「けど、なぜ乙吉がそんなことするんだ？」

「橋の上でばったり出会ったところが、良右衛門は酔っぱらって千鳥足だったそうだ。祝言も近いってェのに、こんな時刻になにしてやがる、と、ついカッとなったんだと。それで揉み合いになって……」

「だったら乙吉だけを責めるわけにはいかねえんじゃ……」

作五郎は煙管を握っていないほうの手でこぶしをつくり、ドンと畳を叩いた。

「だとしても、良右衛門は橋から落っこちた。となりゃ、引き上げるか、でなけりゃ人を呼びにいくなりなんなり、すぐに知らせるのが道理じゃねえか。ところがあいつは放っぽらかしたまんま逃げだした。ここへあらわれたときはすっかり明るくなってたそうで、あいつは平気な顔で朝飯を食いやがった」

良右衛門が死んだと知らせがひろまったときも、乙吉は皆とおなじように驚きこそしたものの困惑する様子はなかったという。

「やっぱり妙だ。親分も知ってのとおり、乙吉は芝居が苦手だ。ほんとにやったんなら、それまで気づかれなかったのがおかしい」

乙吉は増上寺《ぞうじょうじ》の西方、森元町の裏長屋で母や弟妹と住んでいた。暮らし向きは貧しいが、兄と姉が奉公に出ているので、乙吉は作五郎の手下をつとめていられる。ほぼ毎日、善福寺町へ通うため、一ノ橋を渡ってくることもあった。とはいえ――。

「なにか裏があるんじゃないか」

小源太は首をかしげる。人好きのする浅黒い顔をほころばせ、白い歯を見せて笑う乙吉は、たしかに喧嘩っ早い。痩《や》せているわりに腕力があるから、喧嘩のいきおいで突き落としてしまったということなら無きにしもあらず。けれど、正直者で思いのほか気弱な男が、そんなことをしでかしたあとも平然としていられるとは思えない。

だが作五郎は、そうは思わぬようだった。

「てめえになにがわかる？　いいか、てめえらはおれがなにも知らねえと思ってるだろうが、見損なうなよ。乙吉がなみにちょっかいを出そうとしてたことくらい、百も承知なんだ」

「そいつは……だけどお嬢さんだって……」

　作五郎の娘のなみは、良右衛門との縁談が決まったばかりだった。が、なみと乙吉が好き合っているとは、小源太たち仲間は皆、気づいていた。作五郎に知られたらひと騒動起こるのではないかとはらはらしていたのだ。

「となりゃ、乙吉の野郎が良右衛門を橋から突き落としたってェことも大いにあり得る。死人に口なし、乙吉の言うことなんざ当てになるもんか」

「だったら親分は、はじめから乙吉が待ち伏せしてたとでも言うのか。まさか、自分の子分を疑ってるんじゃあるめえな。子分を助けてやるのが親分だろう。これにはなにかわけがあるんだ。もういっぺん、乙吉と話をして……」

「うるせえやッ」

　煙管が飛んできた。小源太は素早く避ける。

「てめえなんぞの指図をうけるか。てめえなんぞ……てめえなんぞ八丁堀にすっこんでやがれ」

「親分……」

「いいか、小源太、おれは前々からムカついてたんだ。妻木の旦那に目をかけられてるからって肩で風切って歩きやがって……自分だけは特別だと思ってやがる」

「そんなこと、おいらは……」

「いいからもう行けッ。こいつはてめえの出る幕じゃねえ」

とりつく島がなかった。小源太はすごすごと退散する。あきらめたわけではなかったが、頭に血が上っている男が相手ではなにを言っても無駄だろう。

作五郎がこれまで見たことがないほど逆上しているのは、自分が面倒をみてやっていた下っ引がお縄になったという驚きのせいだけではなかった。娘の縁談が、一瞬にして泡と消えてしまったのだ。繁盛屋が蔵に銭を貯めこんでいることは、麻布界隈では知らぬ者がない。

「ちょっと、小源太さん……」

勝手口を出たところで、小源太はなみに呼び止められた。細く開けた納屋の戸の陰から手招きをしている。左右を見まわし、人が見ていないことをたしかめた上で、小源太はするりと納屋へ入った。

「大変だったな。大丈夫かい」

明り取りの窓があるだけの薄暗い中でも、なみが泣いていたのがわかる。

なみは洟《はな》をすすった。

「良右衛門さんのことは、そりゃ気の毒だとは思うけど……お父《と》っつぁんが勝手に決めたことだし……けど、乙吉つぁんは……」

なみは、遠くから顔を見ただけで話をしたこともない許婚《いいなずけ》、良右衛門のために泣いていたわけではなかった。むろんそうだ。乙吉のことが心配でたまらないのだ。

「橋から突き落とすなんて、そんなこと、乙吉つぁんにできるはずない。ね、小源太さんもそう思うでしょ」

「ああ。壮太《そうた》も正平《しょうへい》も長兵衛《ちょうべえ》もありっこないと言ってる。みんな、狐につままれたような顔をしてた」

「そうよ。だって乙吉つぁんはあたしに、しかたがないなって。自分みたいなもんじゃ、どうしたってお父っつぁんが許さないだろう、あきらめるしかないんだって……」

作五郎は女房に小間物屋をやらせていた。といってもちっぽけな店だから、麻布界隈の岡っ引として子分たちを従えていられるのは、十手を授けてくれた奉行所の役人からもらう小遣いや、なにかあったとき手心を加えてもらおうという町人からの袖の下のおかげだった。だれが見ても釣り合わないはずの縁談が転がりこんできたのは、なみが器量よしと評判だというのもひとつだが、富くじに当たったような好運だったのだ。そして乙吉も、それがわかっていたから、身を退《ひ》くしかないと思ったのだろう。

なみは、承服しなかった。勘当されてもいい、二人で逃げようとまで言って泣きついたものの、乙吉は首を縦にふらなかった。

当然である。乙吉には行く当てもなければ先立つものもない。しかも相手は岡っ引の娘である。逃げおおせるはずがないし、恩知らずなまねをすれば家族にまで迷惑がかかる。乙吉は作五郎がどんな男かよく知っていた。

「それであいつは、せっぱつまって良右衛門を……」

「ちがうッ。そうじゃないってば。乙吉つぁんの気持ちは動かなかった。本当に身を退く気でいたんだから。そうするのがあたしのためだって……」

作五郎の目を盗んで、二人は早朝、ほんの短い逢瀬を重ねていたという。なぜ早朝かといえば、なみは毎朝、稲荷《いなり》へお参りに行くからで、森元町からやってくる乙吉と二人きりで逢うにはそれが唯一の機会だったのだ。おなじところでは見つかってしまうので、界隈の稲荷や寺社を渡り歩いた。麻布は坂と武家屋敷と、寺社の町だ。

「縁談が決まったんで乙吉つぁんはもうやめたほうがいいって言ったけど、祝言までは逢ってほしいって、あたしが頼んだの。それで、とにかく、見つからないよう用心しなけりゃならないから、あの朝は狸穴坂で……」

「狸穴坂ッ」

「ええ。ムジナの碑があるところ」

その朝はそこで逢うはずだった。

ところが、二人は逢わなかった。

「乙吉は来なかったんだな。やっぱりあいつ……」

「ほら、すぐに決めつける」

「だってよ……」

「乙吉つぁんはずっと待っていたはずよ。だけど、あたしは、行かなかった」

「すっぽかしたのか」

「家を出たけど行かなかった。行けなかったの」

なみは深呼吸をした。眉をひそめ、目をそらせる。

「一ノ橋にいたから」

三

小源太のこんなにも悲愴《ひそう》な顔を見るのは初めてだった。なにがあったのかと問いかける言葉も出てこないほど、結寿は驚いている。

なにも言わず、有無を言わせず、腕をつかんで結寿を山桜桃《ゆすらうめ》の木の下へ引っぱってきた小源太は、深々と頭を下げた。

「姉ちゃん、助けてくれ」

話を聞く前に、結寿はうなずいていた。これは、小源太が心から大切に思っている人の、命にかかわるほどの大事にちがいない。もしそうなら、なんとしても助けてやらなければならない。

「お嬢さんと話をしてほしいんだ」

「お嬢さん？」

「作五郎親分の娘のおなみさんだ」

なみが小源太に打ち明けたところによると、一昨日の早朝、良右衛門を一ノ橋で見かけ、好機到来とばかり話しかけた。夫婦になる気はないから破談にしてくれと頼んだものの、酔眼に千鳥足の良右衛門は人目がないのをよいことにからみついてきた。抱きすくめられて白粉《おしろい》の匂いに動転したなみは、揉み合ううちに自分でも思わぬ力で押しのけてしまったらしい。良右衛門は掘割へ転落した。

「あとも見ずに逃げだした、と言うんだが……」

「小源太さんはなみさんの話を信じていないのですね」

「だって姉ちゃん、知らせがあったとき、お嬢さんはびっくり仰天したんだぜ。どこでなにがあったのかと親分に何度も訊いていた。むろん人の死をよろこぶような不謹慎な女じゃないけど、破談になったことにはほっとしているようだった。それでも乙吉が自分がやったと言いだすまでは、いつもどおりのお嬢さんだったんだ」

自分が原因で許婚が死んだとしたら、動揺の色も見せずに線香をあげに出かけたり、普段と変わらず家事に勤《いそ》しんだりできようか。なみはまだ十八である。

「なみさんは、乙吉さんの罪をかぶろうとしている、小源太さんはそう思っているのですね」

「うん。ところが乙吉も……」

自分から罪を認めた。しかも認めたときは騒動から二日経《た》っていた。こちらも腑《ふ》に落ちない。

小源太から詳しい話を聞いた結寿は思案顔になった。

「たしかに、二人とも、お互いを庇《かば》おうとしているようにも思えますね。どちらかが嘘をついているか……」

「どちらも嘘をついているか」

「もしそうだとしたら、他に下手人がいることになります。その時刻、二人がどこにいたか、まずはそれをはっきりさせないと」

　真実がわからなければ救いようがない。

「なみさんはどうしているのですか」

「親分に話しても埒《らち》が明かないだろうから番所へゆくと言いだして……。おいらに声をかけたのは、妻木さまのところへ連れてってほしいってことだった」

　とはいえ、なみが下手人だと申し出ればどうなるか。あり得ないことではないにしろ、乙吉を助けるために身代わりになることにしたのだとだれもが思うにちがいない。それでは、かえって乙吉がやったという裏付けにされてしまいかねない。

「とにかく落ち着け、よく考えろと言ったんだが……」

　なみは言いだしたら聞かない。それで小源太は、妻木さまに会わせるからと言って連れだし、ゆすら庵の奥の小部屋で待たせているという。

「姉ちゃんに会ってほしいんだ。姉ちゃんならお嬢さんの気持ちがわかるはずだ。お嬢さんもきっと、姉ちゃんにはほんとのことを話すんじゃないかと……」

　そう。結寿も好きな人がいたのに、親の決めた縁談を拒めなかった。別れは辛《つら》く苦しく、胸が引き裂かれそうだった。今のなみは昔の自分である。

　もし自分がなみならどうしたかと結寿は考えた。道三郎が乙吉だったら……。自分のために心ならずも罪を犯してしまった人を――駆け落ちまで願った人を――見捨てて、じっとしていられようか。

「姉ちゃん……」

「会いましょう。真実こそが扉を開いてくれる。扉の向こうがたとえ暗闇であっても、光はその先にしかないのです。十八の娘さんがそれをわかってくださるかどうか……いえ、わかってもらわなければなりませんね。なみさんにも、乙吉さんにも」

小源太は安堵の色を浮かべた。

「行こう、姉ちゃん」

二人は母屋へ急ぐ。


なみは小座敷で膝をそろえ、くちびるを噛みしめていた。入ってきたのが武士《さむらい》ではなく女だとわかると、落胆と安堵の入り混じった顔になる。

「粗方の話はうかがいました。なみさんですね」

うなずきはしたものの、なみはけげんな目を向けてきた。

「わたくしは町奉行所同心・妻木道三郎さまからの仰せで参りました。近々祝言を挙げることになっておりまして、それまでは妻とは名乗れませんが、わたくしにお話しいただいたことは、一言一句、妻木さまのお耳にお入れいたします」

結寿はあえて同情や憐憫《れんびん》は見せなかった。やさしい言葉をつらねて、そなたの気持ちはわかりますよ……などと言ったところでなみの心は動かせないだろうということが、ひと目見た瞬間にわかったからだ。

「なみさんは乙吉さんと狸穴坂で逢うために出かけ、一ノ橋で良右衛門さんにばったり会《お》うたのですね。善福寺町から狸穴坂へゆくのに、どうして一ノ橋を渡ろうとしたのですか」

好いた人に逢いにゆくのに、わざわざ遠回りをする女はいない。

「それは……いえ、渡ろうとしたわけではありません。飯倉《いいぐら》新町へ曲がる角から橋の上に人影が見えたので……」

「船頭は薄暗くて見えず、物音しか聞こえなかったそうです。それよりずっと離れているのに、なみさんは橋の上にいるのが良右衛門さんだとわかったのですね」

「え、ええ、なんとなく……そんな感じがして……」

「では、駆け寄って、なんと声をかけたのですか」

「繁盛屋の、良右衛門さまですか……と」

「良右衛門さんはかなり酔うていたそうですね。すぐになみさんだとわかりましたか」

「ええと、はい、たぶん」

「で、抱きつかれたのですね」

「え、ええ……はい」

「そのとき良右衛門さんがなんと言ったか、覚えていますか」

「いいえ。びっくりして、気が転倒していたので……」

「橋のどちら側から落ちたのでしょう？　北か南か」

「それは、あのう……無我夢中だったものですから……」

「良右衛門さんの片袖がもぎとられていましたね。右か左か覚えていますか」

「さあ……で、でも、袖を引っぱったのは覚えています。それでびりびりっと。尻餅をついて、顔を上げたら、もう、姿が消えていて……袖を放って逃げました」

結寿は吐息をついた。

「袖は破れていませんでした。嘘をついたのは謝ります。なみさん。嘘はばれます。あなたが嘘をつけば乙吉さんの立場は今よりもっとわるくなる。ほんとうのことを教えて下さい。あの朝、どこにいたのですか。なぜ、狸穴坂へ行かなかったのか」

なみは目をみはったまま、しばらく身動きをしなかった。頭の先から指先まで、こちこちに固まってしまったようだ。

「妻木さまの妻になると申しましたが、昔、わたくしがなみさんくらいのとき、妻木さまと好き合《お》うていたのですよ。でも夫婦にはなれず、引き離されてしまいました。わたくしは泣く泣く親の決めた家へ嫁ぎ……」

ところが婚家の人々に温かく迎えてもらい、夫とのあいだにも徐々に情愛が育っていった。子を生《な》し満ち足りた日々をすごすことができたのは、たまたま自分が幸運だっただけかもしれない。だからわかったような顔はできないが、日々懸命に生きていればきっと希望が見えてくる……結寿はそう、静かな声で話した。

結寿の話を、なみは真剣な顔で聞いている。

「乙吉さんが、良右衛門さんと喧嘩をした、と言ったのはなぜでしょう。なみさんに災いがふりかからぬようにと願《ねご》うたからです。なみさんが待てど暮らせど約束の場所、狸穴坂のムジナの碑のあるところへあらわれなかったから、それに女物の紙入れが落ちていたと聞いたこともあって、一ノ橋にいたのはなみさんではないかと思ったのでしょう。でも、わたくしは、そうではないと知っています。いったい、どこにいたのですか」

「門を出たら、宮下町のお里《さと》ちゃんが、青い顔で立っていて……。お里ちゃんは春先に稲荷で出会った子供です。胸の病で具合がわるくなったおっ母《か》さんを長屋まで送ってやったのがはじまりで、困ったことがあるとあたしのとこへ。お父っつぁんは面倒なことにかかわるなと言うけど、そうもいかなくて……」

とおり道なので様子だけでも見てゆこうと立ち寄ったところが、病で臥《ふ》せっているお里の母親のかたわらに鶴亀屋《つるかめや》の若い衆がいた。鶴亀屋は唐物屋や刀剣屋など手広く商いを営む大店《おおだな》で、阿《あ》漕《こぎ》な銭貸しで身代を築いたと噂されている。今もなにやかやと悪評が飛び交いながら、上手《うま》いことお上の目をすりぬけているらしい。

「だれかと思やぁ、善福寺の親分さんの……」

「親分さんにはお世話になっておりやす」

「ご心配なく。病人から取り立てはいたしやせんから」

早々に切り上げて狸穴坂へ……と、なみは焦ったものの、善福寺まで送ってゆくなどとまとわりつかれれば腰を上げられない。逢い引きを知られては一大事だとぐずぐずしているうちに太陽が昇りきってしまった。

「なみさん、話してくださってありがとう。妻木さまにお伝えします。このことはだれにも言わぬよう、家へ帰って、知らぬ顔をしていらっしゃい」

結寿がいたわりをこめて言うと、なみは両手をつき、畳に額をすりつけた。

「お願いです。どうぞ、なにとぞ乙吉つぁんをお助けください」

顔を上げたなみの目の縁に涙が盛り上がっている。恋しい人のために流す娘の涙を、結寿は、かつて自分が道三郎のために流した涙と重ね合わせていた。

四

奥の間から幸左衛門の怒鳴り声が聞こえている。ヤチが平然と言い返す声も。

「アチッ。もっとていねいにできんのか。おまえはぞんざいでいかん」

「ご隠居さまが動くからです。じっとしててよ」

「動いてなどおらぬ。おまえが下手なんじゃ」

「そんなこと言うんなら灸《きゅう》なんてすえてやらないから。ほら、動かないでってば」

「ううう、百介はどこだ？」

「なんかあったみたい。小源太に頼まれて飛びまわってる」

「大家の倅を呼びつけにするやつがおるか。お、アチチチ……」

運針の手を休めて、結寿は笑みを浮かべた。このぶんなら八丁堀へ嫁いでも、祖父は寂しがっている暇などなさそうだ。手強《てごわ》いヤチがいる。それに好奇心のかたまりのようなトビマルも……。トビマルは香苗と庭で遊んでいた。すっかりこの家にとけこんで、祖父の無聊《ぶりよう》を慰める役を担っている。

なにもかも、香苗のおかげだわ――。

両手を泥だらけにして団栗《どんぐり》を拾い集めている香苗に、結寿は慈しみのこもったまなざしを向けた。香苗が行方知れずになったときは生きた心地がしなかった。あのまま旅芸人一座に連れ去られていたら、と思うだけで背筋が寒くなる。それでも、そのおかげで、ヤチやトビマルを迎えることができた。香苗の不安を取り除き、母娘の絆を盤石《ばんじやく》にすることもできた。そしてなによりあの恐ろしい出来事は、道三郎と自分とを再び結びつけるきっかけをつくってくれたのである。

道三郎と彦太郎が自分だけでなく香苗を実の家族のように案じてくれていたことが、結寿の心の殻を破った。再会した娘を胸に抱いたあのとき、結寿は共によろこんでくれる人がいることをしみじみありがたいと思った。肩肘を張って生きるのはやめよう。自分の気持ちを偽るのはやめよう。人は独りでは生きられない。自分を必要とし、自分もまたその人を必要としているなら、もう思い悩むことはない。好きな人の胸に飛びこめばよいのだ……と。

先日、彦太郎が幸左衛門にかけ合ってくれたので、幸左衛門もこれ以上、先延ばしにするわけにはいかなくなった。結寿と道三郎は師走の初めに、身内だけのささやかな祝言を挙げることになった。新たな年を八丁堀の新居で迎えるなら、自らの手で煤払《すすはら》いもしたいし、正月の準備もしたい。結寿は胸を撫《な》で下ろした。嫁ぐ日のために、そして残してゆく祖父のために、縫い物に励む日々である。

しばらく専心していると、ヤチが奥から出てきた。

「ご苦労さま。お祖父さまは？」

「うとうとしてる」

ヤチは結寿のかたわらへ腰を下ろした。

「あたいも囲碁を習おうかな。そしたら相手してやれるしね」

ぶっきらぼうな言い方だが、やさしい心根が伝わってくる。

「ぜひ相手をしてやってくださいな。どんなによろこびになるか。といっても、宗仙先生とも喧嘩腰ですからね、もしお祖父さまが負けようものなら……」

宗仙と幸左衛門、さして多忙でもない老人同士はなんだかんだとののしり合いながらも碁を打つのがいちばんの楽しみで、まさに喧嘩友達といったところ。なにを言われても顔色を変えず、するりとかわしながらグサリと急所を突く宗仙とちがって、幸左衛門とヤチでは凄《すさ》まじい舌戦をくりひろげそうだ。

「そういえばこのところ、宗仙先生はお見えになりませんね。具合でもおわるいのかしら」

いつもなら三日も顔を見せないと幸左衛門が百介に「呼んでこい」と命じるのに、今回は祖父の口からも宗仙の名が出ない。

「絵師の爺《じい》さんなら、くたばってるんじゃないかい」

「ヤチさんッ、そんなことを言ってはいけません」

「どうして？　くたばってるって言っちゃだめなの？　なら、お陀仏《だぶつ》になっちまったっていうのは？」

「あのね……」と言いかけて、結寿はため息をついた。ヤチのような娘に礼儀を叩きこむのは容易ではない。「それより小源太さんのほうは、進展があったのかしら」

なみの気持ちを鎮め、真実を語らせることには成功した。結寿は道三郎にありのままを伝えた。ところが――。

なみの話によれば、乙吉は良右衛門が橋から転落した時刻、狸穴坂のムジナの碑のあたりでなみを待っていたことになる。狸穴坂は急な坂で、片側が切り落としになっていることもあり、太陽が昇る前の薄暗い時分は往来もまれである。囚われの身の乙吉はいまだに良右衛門が橋から落ちたのは自分のせいだと言いつづけているようだが、もし仮に狸穴坂にいたと言をくつがえしたとしても、それを証するものが必要だった。なぜそんなところにいたのかと訊かれて、なみと逢うためだと答えるとは思えない。

――妙ではないか。薄暗い中、坂をうろついておるとは。

――なにをしていたか、言ってみろ。

――やったの、やらぬのと、いいかげんにしたらどうだ。

乙吉が無罪放免になるためには、真の下手人を見つけるしかない。

「ヤチさんはなにか聞いていませんか」

「知らないね」とヤチは頭をふった。「弥之吉つぁんが宮下町のなんとかいう大店を調べてるけど。それに百介さんは吉原へ行ったみたいだ」

「吉原へ……」

それもきっと下手人捜しの一端にちがいない。

「ちょっとお願い」

香苗とトビマルを見ているようヤチに頼み、結寿は腰を上げた。弥之吉ならヤチより詳しい進捗状況を話してくれるかもしれない。


母屋のゆすら庵には弥之吉と百介がいた。たった今、帰ってきたばかりか、百介は息をはずませている。

「吉原へ行ってきたそうですね」

「へい。調べ物がございましたんで」

百介は元幇間だから吉原には精通している。

「小源太さんに頼まれたのですね。なにかわかったのですか」

「へい。良右衛門はあの朝、金杉橋の近くの妾宅《しょうたく》から帰ったところだったそうで……。縁談が決まったんで吉原へ入りびたるわけにもいきません。あわててなじみの妓を落籍《ひか》したんだとか」

「嫁いだあとになみさんがそれを知ったら、いい気持ちはしないでしょうね」

結寿は眉をひそめる。

「いくら蔵に銭が唸《うな》ってるからって、娘をそんな男のとこへ嫁がせるとは、作五郎親分もとんでもない業突《ごうつ》く張《ば》りでございますよ」

百介が吉原へ出かけたのは、足繁く通っていたという良右衛門の評判を聞くためだった。案の定、良右衛門は酒の上での騒ぎをよく起こしていたらしい。宮下町の鶴亀屋の倅を筆頭に麻布界隈の大店の放蕩《ほうとう》息子たちがつるんでは遊興に耽《ふけ》り、派手な大喧嘩もしょっちゅうだったという。

「鶴亀屋ならこっちも調べました」

弥之吉が話に加わった。

「姉にも聞きましたが、評判は惨憺《さんたん》たるものです。おまけに内証も傾きかけているようで、ウチで世話をしてやった女中は、いくらもしないで辞めていました。それももう何人目か……」

弥之吉の姉のもとは宮下町の畳屋へ嫁いでいる。

鶴亀屋は大店だから、口入屋へ奉公先を頼みにきた者は大よろこびで飛びつく。が、こき使われて給金をもらえなかったり、怪しげな連中が出入りしていて怖い目にあったり……わずか数日で逃げだした者もいたという。

「遊び仲間だった繁盛屋の良右衛門が、なじみの妓を落籍して顔を見せなくなった。しかもあろうことか、お上のお手先、岡っ引の娘との縁談が決まったという……こいつは黙っちゃいられやせん」

「ええ。遊び仲間は皆、蒼《あお》くなったでしょうね。うしろめたいこともあるでしょうし、良右衛門さんにはいろいろ知られているわけですから……」

「一方の良右衛門にしてみれば、お上のお手先と身内になるんだ、怖いものなしということですね。これで多少のことは見逃してもらえるとほっとしたかもしれません」

三人は顔を見合わせた。

良右衛門が橋から落ちたのは乙吉のせいではない。鶴亀屋の倅とその仲間のせいではないか。なにも知らないお里になみを待ち伏せさせて長屋へ招き入れ、乙吉と逢い引きができないよう画策した。二人が早朝、人知れず逢っていることを探りだしたときから、乙吉に良右衛門殺しの罪をなすりつける悪だくみがはじまっていたのだろう。

けれど、この憶測が当たっていたとしても、どうやったら真相を明らかにすることができるのか。内証はどうあれ鶴亀屋は大店である。その息子に詮議《せんぎ》の目を向けさせるには、乙吉がその時刻に狸穴坂にいたことを証明しなければならない。

「狸穴坂のムジナがひと役買ってくれるとよいのですが……」

結寿はため息をついた。

五

小春日和の一日、結寿と道三郎は連れだって竜土町へ出かけた。結寿の実家へ再婚を知らせるためである。家の格式を重んじる両親が二人の再婚を歓迎するとは思えない。こちらとしても、反対されたからといって決意をひるがえすつもりはないので、かたちばかりの報告である。

「なにを言われても堪《こら》えてくださいね」

火盗改方与力と町奉行所の同心はもとより敵同士のようなもの、結寿は道々、道三郎に手を合わせた。

「案ずるな。無茶なことを言われても反論はしない。黙って聞いている。だが一歩も退かぬぞ。それだけは心していてくれ」

「むろんです。わたくしも退きません」

「たとえ相討ちとなっても……」

「まさか、大仰な。さようなことにはなりませんよ」

笑おうとしたものの、道三郎の顔がこわばっているのがわかるので、結寿も笑えない。まるで討ち入りにおもむくような気分で、二人は溝口《みぞぐち》家の門をくぐった。

ところが、案に相違して、父も継母も反対はしなかった。

「ふむ。そのほうが妻木道三郎どのか」

父は不躾《ぶしつけ》に眺めただけ。継母のほうは「ようもまあ不浄役人なんぞと……」と嫌味を言いかけたが父ににらまれ、不承不承ながらもうなずいた。

「出戻り娘ゆえ文句は言いますまい。嫁ぐと決まった上は、溝口家の娘として恥ずかしゅうないだけの仕度はいたしましょう。よいですね、そなたが勝手をとおすのです、なにがあっても泣き言は聞きませんよ」

二人は早々に退散した。門を出るや、そろって噴きだす。緊張が解けたせいで、おかしさがこみあげてきたのだ。

「相討ちをせずにすみました」

「不浄役人と出戻り娘も、これで天下晴れて夫婦になれる」

「お許しください。ご無礼なことを……」

「なんの。この程度ですめば万々歳。案ずるより産むが易しだったわ」

飯倉の大通りを狸穴の方角へしばらく歩いたところで、道三郎は足を止めた。

「今ひとつ、大事なことがある。墓参をして参ろうではないか」

結寿ははっと道三郎の横顔を見た。

「墓参とは、もしや……」

「むろん浄圓寺《じょうえんじ》だ。万之助《まんのすけ》さまにもお許しをいただかねばならぬ」

大通りの左手、市兵衛《いちべえ》町の一角に小山田《おやまだ》家の菩提寺《ぼだいじ》、浄圓寺がある。病死した結寿の前夫、小山田万之助が眠る墓もここにあった。

「よろしいのですか」

「よいもわるいもなかろう。それが礼儀だ」

「はい。ありがとうございます」

二人は寺へつづく脇道へ入った。当然ながら結寿は何度も訪れている。万之助が死去してからは、月命日ばかりでなく、婚家を訪ねるたびに墓参をしていた。

だが、道三郎ははじめてのはずだ。

「小山田家の墓所をご存じなのですか」

先に立って歩く道三郎の背中に、結寿はとまどいがちに訊《たず》ねた。

「何度か墓参に来た。結寿どのに再婚を申しこむ前にも。どうか許していただきたい、願いを叶えてもらえるなら結寿どのを生涯守りとおす、と約束をした」

「まあ、存じませんでした……」

結寿は胸に手を当てる。万之助はなんと答えたのだろう。争い事を嫌い、声を荒らげたことのない万之助である、道三郎の誠実な人柄を見きわめ、きっと了解してくれたにちがいない。

結寿と道三郎は並んで合掌した。

彦太郎どのの良き母になれますように、新たな家族にかこまれて香苗が健やかに暮らせますように……と、結寿は祈る。

万之助さま、ありがとうございます。道三郎さまの妻になっても、小山田家で暮らした日々のことは忘れません。夫婦になれて、幸せでした——。

そっと涙をぬぐう結寿を、道三郎が愛《いと》しさのこもった目で見つめている。

大通りを渡って狸穴坂へ差しかかるや、二人は目を合わせた。
かつて——別れが迫ったあの夜——今とおなじように並んで狸穴坂を下りた。その際、結寿は道三郎に約束した。小山田家へ嫁いだら未練は棄てる。小山田家の嫁として、万之助の妻として、精一杯生きるつもりだ。ただし、この坂を上り下りするときだけは道三郎さまを思い出します——と。

「覚えていますか」

「忘れるものか」

「こんな日が来るとは思いもしませんでした」

「いや、はじめから定まっておったのやもしれぬぞ。ムジナを探していたあの日、はじめて逢《お》うたあのときから、いつか、こうなると……」

「さようでしょうか。もしそうなら、ムジナのおかげかもしれません」

そういえば、この坂ではふしぎなことが何度もあった。結寿は小山田家のお婆《ばあ》さまのことを思い出している。昔ここに棲《す》み着いていたムジナはどこかへ行ってしまったが、本当は、いなくなったのではなく、ただ姿が見えないだけなのかもしれない。お婆さまはそのことを気づかせてくれた。見えるものがすべてではない、ということを。生きているものと彼岸へ旅立ったもの、目に見えるものと見えないもの、この世には両者が心を通わせる場所があるのだ……と。

結寿はゆっくり首を動かして、眼下の景色を胸に刻みつける。

「ここから眺める景色ほど胸を打つものはありません」

掘割の青、馬場の緑、陽射しをあびて鈍色《にびいろ》に輝く寺社と武家屋敷の瓦屋根、そこここで奔放にうねる坂の合間には小ぢんまりとした町家が行儀よく軒を連ねている。

「遠国へ嫁ぐわけではないのだ。いつでも来ればよい」

「さようですね」

二人は坂を下りる。

中腹のムジナの碑があるところまで来て、もう一度、二人は立ち止まった。道端の草むらに老人がいる。地べたに座りこんで絵を描いていた。

「宗仙先生ッ」

「おう、結寿どのか。妻木さまも。ふむふむ、こうして見ると、なるほど、似合いの夫婦じゃのう」

宗仙は二人を見上げて目を細めた。

「狸穴坂から眺めた景色を描いておられるのか」

「このところ毎日のように通うておっての」

「それで最近はおみえにならなかったのですね。どうしていらっしゃるのかと案じていたのですよ」

道三郎と結寿は左右から絵を覗《のぞ》きこむ。

「注文の多い依頼主なんじゃよ。四季折々とはいかぬが、早暁、午刻《ひるどき》、黄昏《たそがれ》を描いて三双屏風《さんそうびょうぶ》にせよと……それも霜月の内に仕上げよ、なんぞと」

結寿は首をかしげた。幸左衛門はこの何日か、宗仙を呼びつけていない。

「依頼主とは、もしや、お祖父さまではないでしょうね」

宗仙はポンと平手でおでこを叩いた。

「参った。叱られる」

「やっぱりお祖父さまなのですね。大丈夫です。知らないことにしておきますから。でも、お祖父さまがどうして……」

「それはむろん、結寿どののためじゃよ。八丁堀へ嫁いだらこの景色がなにより恋しかろうから、とびきりのやつを描いてくれと……」

再婚が決まってすぐに依頼されたというから、仮病だなんだと虚《むな》しい抵抗を試みていた一方で、幸左衛門は祝いの屛風絵が仕上がってくるのを心待ちにしていたのだ。

「お祖父さまったら……」

結寿はもう涙目になっていた。

道三郎も感きわまっているようだ。

「さすがはご隠居さま、結寿どののお気持ちをようわかっておられる。見慣れた景色ほど心安らぐものはないからの」

どんなに愛しみ合っていても長い人生、辛いときや悲しいときが必ずやってくる。そんなとき、この絵が慰めになると幸左衛門はわかっていたのだろう。

結寿と道三郎が笑みを交わし合うのを見て、宗仙は思い出し笑いをした。

「おかげでの、ムジナと間違えられたわ」

日の出の瞬間を描こうと思って、まだ薄暗いうちから待ちかまえていた。ムジナの碑のかたわらで小柄な老人がうずくまっていれば、とおりすがりの人間がムジナだと勘違いするのも無理はない。

「『ムジナが絵を描くのか』と仰天しておるゆえ、『ムジナのほうがよほど巧いぞ』と答えると、隣にぺったり座りこんで真剣な顔で眺める。それで退屈しのぎに話してやったのよ。朝陽が昇る絵は縁起がいいから嫁ぐ娘に持たせてやるのだ、と。夫婦になる二人は、家の都合で別れさせられたが、年月を経て結ばれるのだと話してやったらいたく感激してのう、『人間でも当てはまるのか』つまり縁起がよいのかと訊くから『よい』と答えた。すると自分にも描いてくれと……」

「ほう、注文がとれたわけか」

「というても、銭はなさそうだったがの。ムジナの好物を供えるからどうか、と言いおった。好いた女子《おなご》がやはり家の都合で嫁がされるそうで……」

結寿と道三郎は顔を見合わせた。

「先生ッ。どんなお人でしたか」

「どんな？　二十歳そこその、細っこいがきりりとした、なかなかの男前だったな」

「ずっとここにいたのですか」

「うむ。だれかを待っているようで、だんだんに落ち着かなくなったように見えたが、それでもお天道さんが昇りきってもしばらく絵を眺めておったわ」

結寿と道三郎は、昂《たか》ぶる胸を抑えてうなずき合った。

「いつのことか、覚えておられますか」

「むろん、早暁の景色を描いておったときじゃったから……」

「名は？　どこのだれか、言わなかったか」

「たしか乙吉と……」

宗仙は硯《すずり》や筆、丸めた紙などを入れてきた布袋をごそごそと引っかきまわした。

「ほれ、これこれ」

半紙の切れ端に「森元町庄兵衛長屋、乙吉」と墨文字が書かれている。

「ムジナの祝言を終えたら考えてやろうと答えておいたが、イナゴを供えてもろうても食えるわけではなし……」

宗仙は半紙を丸めようとした。道三郎があわてて取り上げる。

「これはもろうておく」

「宗仙先生ッ。先生は命の恩人ですッ」

結寿は宗仙の肩に抱きついた。

「絵を描いたくらいで大仰な……」

宗仙は目をしばたたく。

「先生のおかげで、乙吉さんがあの朝、ここにいたことが明らかになりました。ああ、なみさんや小源太さんがどんなによろこぶか」

「ご隠居さまにも礼を申し上げねばの、絵を頼んでくださったからこそ……」

「やっぱり、ムジナのおかげです。ツキエさまにもお礼をいたしましょう」

結寿と道三郎はムジナの碑に手を合わせた。

「なんじゃ、さっぱりわからん」

「あとでゆっくりお話しします。それより道三郎さま……」

「おう。乙吉は小伝馬町《こでんま》へ送られたと聞いた。急がねばの」

「はい。わたくしは百介を善福寺町へ行かせます。なみさんに一刻も早うお知らせしとうございます」

小山田家へ嫁ぐ前の結寿は、身近で忌々《ゆゆ》しい出来事が起こるたびに捕り物の手助けをしたものだった。二人の呼吸はぴったり合っている。

道三郎は向きを変え、坂を上った。

結寿は見えなくなるまで見送る。さっきまでの、祝言を目前にした女の甘やかな色は霧消して、町方同心の妻女らしい凜《りん》とした表情になっていた。

六

「つまるところ、いちばん割を食ったのはこのわしだぞ。頑固爺《じじい》に約束を破ったとガミガミ叱られた」

「よいではありませんか。皆さんからあれだけ感謝されたのですもの」

結寿は宗仙に笑顔を向けた。

乙吉は、嘘をついてお上を攪乱《かくらん》したことでは大目玉を食ったものの、良右衛門殺しについては無罪放免になった。そのあと、お里の母親の密告や吉原の人々の見聞話から鶴亀屋の息子が下手人と目され、厳しい詮議の末、良右衛門を待ち伏せして石で頭を殴りつけ、橋から突き落としたという事実が判明した。

作五郎は、自分の子分が無罪となったことに安堵した。自分がやったと乙吉が申し出たのはなみのためだったとわかったときは少しばかり複雑な顔をしたというが、二人の気持ちを知った上で乙吉をまた下っ引に取り立てたそうだから、そのうち許してやる気でいるのかもしれない。

「姉ちゃん。おいら、坂の上で待ってるからな」

母屋から庭づたいにやってきた小源太は、花嫁衣裳の結寿を見て息を呑《の》んだ。

「へえ、二度目も一度目と変わらないや」

小源太にしてみれば「変わらず美しい」という誉め言葉だったのだろうが、「よけいなことを言うな、早う行け」と宗仙に追い払われた。

小源太と弥之吉は、花嫁を八丁堀まで送りとどけることになっている。本来なら門前から駕籠《かご》を仕立てるのだが、結寿が打掛をいったん脱いでも自分の足で狸穴坂を上りたいと言い張ったので、花嫁駕籠を坂の上に待たせておくことになったのだ。

「母さま。きれい……」

自らも玩具《おもちゃ》尽くしの華やかな着物を着せてもらった香苗が、奥から出てきて一瞬、困惑顔をした。母が母でなくなったような気がしたのか。

結寿は腕をひろげた。

「いらっしゃい。香苗もいっしょに坂を上るのでしょう」

「はいッ」

香苗は安心したように母の腕の中へ飛びこむ。

傳蔵の女房のていと婚家から駆けつけた娘のもとも、香苗の着付けを終えたので奥の間から出てきた。

「お二人とも、せっかくおめかしをしたのにねえ。裾《すそ》が泥だらけになってしまいますよ」

「あら、ヤチさんとあたしで裾を持てば大丈夫。内々ですもの、着崩れたら向こうでまた直しましょう」

傳蔵もトビマルの手を引いてやってきた。二人ともいつもとちがって借り物の小袖姿で、着なれないトビマルはもぞもぞと居心地がわるそうだ。いや、トビマルが浮かない顔をしているのは、遊び相手の香苗が八丁堀へ行ってしまうからだろう。

「お祖父さまは?」

「百介さんがお仕度を。でもまた、この羽織はいかん、帯がきついと文句を並べ立てておられますよ」

「いまだに抵抗を試みるとは、ご隠居さまも往生際がわるうございます」

「宗仙先生の屛風は運んでくださいましたか」

結寿に訊かれて、傳蔵は「へい」と背筋を伸ばした。

「近所の衆の手を借りて昨日の内に。そりゃまあ、見事なものでございますよ」

八丁堀の妻木家の居間に飾られた屛風の前で、結寿と道三郎はこのあと祝言を挙げることになっている。

「さ、そろそろ……」

「待って。お祖父さまが……」

言いかけたところへ、羽織袴《はかま》姿の幸左衛門と金糸銀糸のとびきり派手派手しい小袖を着込んだ百介が出てきた。

「へいへいへい、ホイホイホイ、皆さん、お待たせいたしましたッ」

陽気な百介の先導で、一行は裏木戸へ向かう。山桜桃の木のかたわらをとおるとき、結寿はぽんぽんと幹を叩いて梢《こずえ》を見上げた。見事な大木も、今はすっかり葉を落として寒々としている。それでもこの木は、春になればまた綿雲のように白い花を咲かせるのだ。緑の葉が生い茂り、たわわに紅い実をつける日がやってくる……。

門前にヤチがいた。ヤチのうしろで深々と頭を下げた男女は乙吉となみか。かたわらで待ちかまえている駕籠は、花嫁用ではなく、幸左衛門を八丁堀へ送りとどけるためのものである。

「お祖父さま……」

向き合ったところで、結寿は声を詰まらせた。祖父はいつ何時もこの、山桜桃のある隠宅にいて、結寿を見守ってくれていたのだ。

「大祖父ちゃまッ」

結寿のかわりに香苗が幸左衛門の足に抱きつく。

「早う行け。皆、待っておるぞ」

わざと邪険に押しのけたのは、涙ぐんだ顔を見られたくなかったからか。

「へいへいへい、ホイホイホイ、チョチョイがチョイの、トトンがトン、花嫁御寮がトントコトン、孫姫さまがポンポコポン、狸穴坂をホイホイホイ……」

百介がおどけて踊りだす。

狸穴坂へつづく辻へ、一行は笑いながら、歌いながら、にぎやかにくりだした。

初出誌「小説すばる」
ツキエ　二〇一七年十月号
幕　間　書き下ろし
花の色は　二〇一九年四月号
水と油　二〇一九年六月号
いらない子　二〇一九年八月号
それぞれの道　二〇一九年十月号
嫁ぐ日　二〇一九年十二月号

装画・挿画——村上　豊
装幀——岡　邦彦

諸田玲子（もろた・れいこ）
静岡市生まれ。
上智大学文学部英文学科卒業。
一九九六年「眩惑」でデビュー。
二〇〇三年『其の一日』で吉川英治文学新人賞、
二〇〇七年『奸婦にあらず』で新田次郎文学賞、
二〇一八年『今ひとたびの、和泉式部』で親鸞賞を受賞。
「きりきり舞い」や「お鳥見女房」シリーズの他、
『帰蝶』『梅もどき』『尼子姫十勇士』など著書多数。

嫁《とつ》ぐ日《ひ》　狸穴《まみあな》あいあい坂《ざか》

二〇二〇年三月一〇日　第一刷発行

著　者◆諸田玲子《もろたれいこ》

発行者◆徳永　真

発行所◆株式会社集英社
〒一〇一-八〇五〇　東京都千代田区一ツ橋二-五-一〇
電話　【編集部】〇三-三二三〇-六一〇〇
【読者係】〇三-三二三〇-六〇八〇
【販売部】〇三-三二三〇-六三九三（書店専用）

印刷所◆凸版印刷株式会社

製本所◆株式会社ブックアート

ISBN978-4-08-771705-1 C0093

定価はカバーに表示してあります。

《諸田玲子の本》好評発売中

集英社文庫

狸穴《まみあな》あいあい坂

火盗改方与力として豪腕をふるった祖父と暮らす結寿《ゆず》。ひょんなことで知り合った八丁堀同心の妻木道三郎とともに、麻布狸穴界隈で起きる不思議な事件の解決に力をつくす。

（解説／青木千恵）

恋かたみ　狸穴あいあい坂

結寿と妻木は恋仲に。けれど、妻木は子持ちの寡夫の上、旗本と御家人では身分違い。さらには結寿に縁談が！　ままならぬ二人のもとに次々と事件が……。

（解説／高橋千劔破）

心がわり　狸穴あいあい坂

妻木への恋を胸の奥にしまい、旗本・小山田家へ嫁いだ結寿。心優しい家族に恵まれ、平穏に過ごしていたが、居候の老女のもとへ親戚を名乗る男が転がり込んで……。

（解説／八代有子）

おんな泉岳寺

浅野内匠頭が眠る泉岳寺に墓参した後室瑶泉院。そこに、なぜか吉良上野介の妻・富子の姿が。亡夫の無念を晴らしたい瑶泉院と、夫の危機に心痛の富子。妻たちの想いを切なく描く表題作他、小伝馬町牢屋敷を預かる囚獄の家に生まれた青年が出逢った女との「悲恋」など全四篇の傑作時代小説集。

（解説／細谷正充）

四十八人目の忠臣

赤穂浅野家の奥女中きよは、家臣・礒貝十郎左衛門と夫婦の約束をしていた。けれど、内匠頭が吉良上野介を殿中で斬り付け、お家は断絶。きよは礒貝のため討ち入りを助け、本懐後は、赤穂浅野家再興を目指し、将軍家に近づいていく……。浪士と将軍に愛され歴史に名を残した側室を描く新しい忠臣蔵。

（解説／森村誠一）

炎天の雪〈上・下〉

宝暦の金沢城下。駆け落ちをした細工人・白銀屋与左衛門と武家の娘・多美。夫婦《めおと》となり幸せに暮らす二人の前に、加賀騒動の生き残り、鳥屋佐七が現れる。佐七は加賀騒動の遺児たちの救出に奔走していた。凶作と大火で仕事を失った与左衛門は佐七らに加担し……。過酷な運命に巻き込まれた男女の激しく切ない物語。（解説／横山方子）

今ひとたびの、和泉式部

平安朝、大江家の娘式部は、宮中で太后に仕え、美貌と歌の才を高く評価される。和泉守と結ばれ幸せな日々に、太后危篤の報が届く。急ぎ京へ戻った式部を親王が待っていた。高貴な腕に抱きすくめられ、運命は式部を翻弄していく。浮かれ女と噂を立てられながらも、生涯の愛を探し続けた姿を描く親鸞賞受賞作。（解説／中西 進）